LEILA MARIA CAPELLA

O inspetor

© Leila Maria Capella, 2024
Todos os direitos desta edição reservados à Editora Labrador.

Coordenação editorial Pamela Oliveira
Assistência editorial Leticia Oliveira, Jaqueline Corrêa
Projeto gráfico e capa Amanda Chagas
Diagramação Estúdio dS
Preparação de texto Beatriz Nunes da Silva, Vinícius E. Russi
Revisão Amanda Gomes
Imagem da capa Acervo da autora, tratada por Fernando Souza

Dados Internacionais de Catalogação na Publicação (CIP)
Jéssica de Oliveira Molinari - CRB-8/9852

Capella, Leila Maria

   O inspetor / Leila Maria Capella. – São Paulo : Labrador, 2024.
   176 p.

   ISBN 978-65-5625-534-7

   1. Ficção brasileira 2. Rio de Janeiro – História - Ficção 3. Alfândega - Ficção I. Título

24-0465   CDD B869.3

Índice para catálogo sistemático:
1. Ficção brasileira

Labrador

Diretor-geral Daniel Pinsky
Rua Dr. José Elias, 520, sala 1
Alto da Lapa | 05083-030 | São Paulo | SP
contato@editoralabrador.com.br | (11) 3641-7446
editoralabrador.com.br

A reprodução de qualquer parte desta obra é ilegal e configura uma apropriação indevida dos direitos intelectuais e patrimoniais da autora. A editora não é responsável pelo conteúdo deste livro.
Esta é uma obra de ficção.

Dedico este livro a Bruno Pereira,
servidor público da Funai,
assassinado no dia 5 de junho de 2022.

Agradeço ao céu e ao mar da cidade do Rio de Janeiro, por sempre trazerem respostas às minhas perguntas.

Nota da Autora

O Inspetor se baseia livremente em fatos e personagens reais.

Sumário

---

1. Ar —————————————— 9
2. Âncora ———————————— 11
3. Elizabeth ————————— 17
4. Tesouro —————————— 23
5. Secretário ————————— 39
6. Restaurante ————————— 47
7. Conceição ————————— 59
8. Réquiem ————————— 71
9. Navios —————————— 76
10. Música —————————— 85
11. Alianças ————————— 93
12. Acerto —————————— 101
13. Travessia ————————— 106
14. Apreço —————————— 110
15. Desencanto ———————— 114
16. Desvio —————————— 118
17. Estiva —————————— 123
18. Estratagema ———————— 127
19. Destino —————————— 131
20. Diversão ————————— 138
21. Discórdia ————————— 144
22. Acaso —————————— 151
23. Vespeiro ————————— 159
24. Interregno ————————— 163
25. Arapuca ————————— 166
26. Xeque-mate ———————— 170

1. Ar

O sol penetrava pela veneziana, pintando listras de luz cambiantes no assoalho. Abandonou-se de pijama no quarto, recluso. O ânimo lhe fugira de todo. Deu passos a esmo, mão na testa, a evitar que latejasse. Um rumor vindo da rua o fez tremer. Espiou pelas frestas. Homens de ternos muito semelhantes falavam alto, olhando em direção à sua janela. Nos chapéus, o distintivo *presse*. Ouviu palavras soltas: escândalo, bandalheira, propina. Esquivou-se.

Uma senhora bem-vestida, trazendo um menino pela mão igualmente bem-vestido, abriu passagem pelo aglomerado humano. No balcão do atendimento, identificou-se e quis saber quem eram os homens lá fora. Repórteres. Sabe o que pretendem? Entrevistar o doutor. Subiram as escadas. Diante do número 31, bateram à porta. Uma voz tímida perguntou: Quem é? Somos nós. Ele veio, ela lhe deu um longo abraço e o menino também, na altura das pernas.

– Ninguém os seguiu? – ele falou, sem coragem de encarar o corredor.

– Fique tranquilo.

– Estou enlouquecendo. Não suporto esse confronto.

– Vamos sair daqui – ela disse com olhar terno, segurando-lhe a mão.

– Qual a sua ideia?

– Esses repórteres vão acabar desistindo, e até voltar outro grupo...

– ... Escapamos! – completou o menino em perfeita sintonia com a mãe.

Os rumores desapareceram, e a senhora pediu que o menino desse uma volta lá embaixo.

– Ninguém! – ele contou com as bochechas vermelhas de descer e subir as escadas correndo.

– Chegou a hora! Coloque o melhor terno, para ocasiões especiais.

Ele se vestiu com esmero, sem esquecer o lenço no bolso do paletó. Penteou os cabelos começando a rarear e, por fim, um toque de perfume amadeirado.

No saguão, um jovem rapaz sentado na poltrona mais afastada acompanhava o movimento. Ao ver o casal com o menino descerem as escadas, levantou-se. O homem deu um puxão no braço da senhora e no do menino. Correram em direção à cozinha; a porta dos fundos estava aberta e saíram pelo quintal. O rapaz adivinhou quem eles eram e foi atrás. Deteve-se na rua, desorientado; num relance, viu os três se afastarem rumo à Glória. Não teve dúvida, correu também. Tinha uma vantagem, logo eles se cansariam por causa da criança. Ao dobrar a esquina, de onde poderia obter uma perspectiva mais ampla dos improvisados fujões, sentiu alguma coisa a lhe martelar a cabeça: os amigos do menino lhe atiravam pedras com seus estilingues. Vão todos me pagar! gritou, encontrando uma gota de sangue no local mais dolorido. Quando retomou a perseguição, eles haviam evaporado. O sino da igreja tocava seis badaladas.

2. Âncora

Dia abafado, assim costumava ser no início do verão. O bonde trouxe um novo morador para o bairro da Glória. João Vasques, homem dos seus trinta anos, parecia ter se preparado a vida toda para esse momento. No rosto, um sorriso otimista combinando com olhos vivos e maneiras educadas. Gostava de trajes bem cortados, paletó com um lenço no bolso, e de borrifar bons perfumes.

Diante da balaustrada de ferro, desceu e caminhou em direção ao relógio instalado sobre uma coluna de granito, com quatro faces e o rigor da fabricação francesa. Retirou o Roskopf de bolso e conferiu: as duas máquinas registravam cinco horas; nem um minuto a mais, nem um a menos. Ao cruzar a rua, pôde ver, em letras maiúsculas, ocupando o espaço entre o primeiro e o segundo andares, o nome do local que doravante seria seu ancoradouro: PENSÃO SUISSA. No passeio em frente, um majestoso flamboyant acariciava a fachada do edifício com as pontas verdes dos seus galhos.

Construído no final do Segundo Reinado, o casarão em estilo neoclássico guardava semelhança com a residência mais importante da Capital, não muito longe dali. Possuía algo notável; fosse o antigo regime, seria bastante valorizado. Das janelas laterais, avistava-se, de perfil, a Igreja de Nossa Senhora da Glória do Outeiro, uma joia arquitetônica que batizou todas as crianças da Família Imperial. Os cômodos dessa ala eram os mais concorridos da pensão.

Diante da entrada, João Vasques puxou o cordel, e o sinete se pôs em movimento frenético. Um rapaz uniformizado abriu a porta: Por favor, entre. A uma dezena de passos, encontrava-se o balcão e, detrás, a imponente Madame Bertha. Com acento germânico, deu-lhe as boas-vindas: Fique à vontade. Às seis em ponto servimos o jantar.

O ajudante se aproximou, indicando-lhe a escada. Seguiu à frente com o par de malas onde João Vasques trazia toda a sua vida. No segundo andar, percorreram um corredor monótono, portas iguais e simétricas repetiam-se de ambos os lados. Ao entrarem no quarto, o rapaz caminhou rapidamente em direção à janela, abrindo-a de par em par. Lá estava o presente de Madame Bertha: a igrejinha, toda branca, a contrastar com o azul do céu. Nossa Senhora quase ao alcance da mão.

O quarto tinha dois ambientes: para dormir e estudar, este próximo à entrada de luz. Um banheiro com os equipamentos essenciais completava o cômodo. João Vasques esticou-se na cama, a cabeça sobre as mãos; com o olhar, percorreu as paredes brancas e nuas, sem qualquer adorno, nem mesmo o tradicional crucifixo acima da cabeceira. No armário de jacarandá, guardou a maioria dos pertences. Os livros foram dispostos em providencial prateleira. Sobre a mesa, onde havia uma jarra de vidro com água e um copo também de vidro, ficaram os objetos mais preciosos: retrato da família, caneta, tinta e papéis. Um São Miguel de louça, presente da irmã Olívia, encontrou o seu lugar no criado-mudo.

João Vasques, sabendo que Madame Bertha, fiel às suas origens, fazia questão da pontualidade (o irmão Aníbal lhe contara), desceu ao primeiro andar um pouco antes das seis. Aguardou, no vestíbulo, o pássaro do relógio sair da gaiola. Curioso, deu uma espiada: a sala de refeições ocupava um espaço amplo, porém austero, com móveis escuros e pesados. A ausência de enfeites era a tônica do estabelecimento.

Tão logo o cuco de madeira cumpriu mecanicamente a sua tarefa, surgiu Madame Bertha. Ela convidou o novo inquilino a acompanhá-la e, depois de tomarem assento, fez as apresentações, começando pelo Tenente Rodolfo Albuquerque, rapaz louro e sardento que mantinha a postura militar mesmo em trajes civis. Em seguida, o Senhor Augusto Loredano, com poucos cabelos e um farto bigode. O último, Senhor Túlio Carvalhosa, possuía um rosto comprido enfeitado por grossas costeletas.

Podia-se ver curiosidade nos olhares. Até mesmo Madame Bertha, que dispunha de algumas informações, acompanhava atenta o desenrolar da conversa.

– De onde vem, Senhor Vasques? O sobrenome é familiar. Seria das Gerais? – indagou o Senhor Loredano.

– Acertou! De Santana do Deserto. Minha vila pertence a Juiz de Fora.

– Ah! – fizeram todos, satisfeitos com a informação geográfica.

O garçom se aproximou. Trazia uma terrina de louça e serviu porções de um caldo bem quente, soltando espirais de fumaça. O odor dos temperos abriu o apetite. O jovem militar devorou a saborosa entrada e, com mais energia, assumiu o interrogatório:

– De que se ocupa, Senhor Vasques?

– Sou bacharel e vim tomar posse no Tesouro.

O tenente não escondeu o desagrado. Com as mãos, fez um movimento a dizer "não é possível". Os demais se entreolharam, conheciam bem as ideias do rapaz; apesar de incomuns, eram por ele defendidas com paixão. Dentre elas, uma acabara de surgir: o bacharelismo representava o grande mal do país.

Madame Bertha acenou ao garçom para trazer a refeição principal. E não esqueça das taças de vinho, ela disse, vamos brindar ao Senhor Vasques. A travessa, ao ser destampada, revelou um magnífico pernil acompanhado de castanhas e presunto, produzindo efeito igual ao da flauta de Hamelin. O tilintar dos copos e o ruído dos talheres encobriram qualquer intenção de palavra. A sobremesa veio em seguida.

– Jantar esplêndido! – disse o Senhor Loredano. – Imagino que seja para recepcionar o novo hóspede.

– De jeito nenhum! – contrapôs o Senhor Carvalhosa. – Na Pensão Suissa, tudo é sempre especial – e arriscou um olhar cúmplice para madame.

– A cozinheira Davina não tem preferências! – apoiou o tenente, batendo com o punho na mesa.

O Senhor Loredano, homem erudito e com fama de conciliador, interveio:

– A sobremesa desta noite, talvez os cavalheiros não saibam (na verdade, seria espantoso que soubessem), chamava-se creme de chocolate *aux violettes*.

– Oh! – reagiram todos, ignorantes das minúcias gastronômicas.

– Foi servido no baile da ilha Fiscal, infelizmente o último da monarquia – disse com pesar a segunda parte.

– Esse baile custou uma fortuna! – bradou o tenente.
– Tremendo desperdício de dinheiro, e no fim das contas o imperador caiu logo depois.
– Engana-se! – disse o Senhor Loredano, pondo de lado a conciliação e levantando a voz. – A propaganda republicana distorceu o objetivo da festa: uma justa homenagem ao povo chileno. E nem foi tão dispendioso, em se tratando de evento diplomático.

Impressionado com as divergências, João Vasques voltou-se para quem se mostrava mais moderado:
– Senhor Carvalhosa, qual a sua profissão?
– Escrevente juramentado do Juízo de Órfãos e Ausentes da 2ª Vara.
– Um nobre trabalho – disse o bacharel. – Já cuidei, eu mesmo, de alguns casos desse tipo; precisam de celeridade.
– O Senhor Vasques está insinuando que a 2ª Vara é lenta? – indagou o tenente com um sorriso irônico.
– Não, com certeza! Tenho muito respeito a todos os homens da Justiça.

O Senhor Loredano, refeito do ataque ao regime imperial, acrescentou:
– Em meu posto de secretário do Instituto Histórico e Geográfico Brasileiro, tenho a honra de receber muitos desses "homens da Justiça". São todos grandes patriotas.
– O que fizeram de fato pelo país? – rebateu o tenente.
– Não passam de parasitas.

Madame Bertha, prática em apaziguar conflitos, apelou para o recurso infalível: café e vinho do Porto. E, aproveitando a pausa:
– Tenho uma boa, uma grande notícia – disse animada.
– Minha sobrinha Elizabeth prometeu me visitar depois de resolver alguns assuntos legais.

– Talvez ela não venha tão cedo – disparou o tenente. – Considerando a demora da Justiça...

Madame Bertha interrompeu o discurso crítico, antes que a conversa desandasse:

– Os senhores poderão conferir: além da beleza, Elizabeth é uma jovem muito inteligente. Conto com ela para me ajudar na pensão.

A estratégia funcionou, levando os pensamentos masculinos para outro patamar. Terminada a ceia, retiraram-se todos. O Tenente Albuquerque e o Senhor Loredano se encaminharam à sala de fumantes. Em meio ao perfume do tabaco, surgiu a pergunta inevitável:

– Como será a senhorita de quem madame tanto fala? – deixou escapar o tenente, levantando as sobrancelhas.

– Logo saberemos – respondeu Augusto Loredano, soltando uma baforada. – Espero que não me convença a abandonar a minha solteirice.

3. Elizabeth

Alvoroço. Tudo limpo e arrumado era a palavra de ordem, e toca varrer, esfregar, sacudir poeira. Madame Bertha tomou o café da manhã na cozinha. Não podia se distrair em conversas. O tempo voa! ela disse, saindo porta afora.

À noite, alguém muito especial: Elizabeth.

Bertha Davids, Fürst de batismo, imigrou ainda jovem acompanhada do marido, Sebastian. Com uma carta de apresentação, ele conseguiu emprego no grande armazém da rua Almirante Alexandrino, no bairro de Santa Teresa, o preferido dos estrangeiros. Bertha foi trabalhar de governanta para a família de um alemão rico, na rua Monte Alegre, não muito longe do marido. Recebera certa educação, sabia ler e escrever, e aprendeu o português, apesar de uma tendência a trocar os gêneros das palavras.

Com o passar do tempo, Sebastian amealhou recursos para ter o próprio negócio. O trabalho dava sentido à vida, e despender tempo e dinheiro com distrações não lhe ocorria. Em memorável noite de Natal, ofereceu à esposa o seu presente: a chave do sobrado onde iria nascer a Pensão Suissa, homenagem à terra dos ancestrais. Daqui em diante, todos a chamarão Madame Bertha! ele proclamou.

Foram anos felizes. A pensão se tornou conhecida, os clientes recomendavam o local a amigos e parentes. Um conjunto de fatores faziam-na especial: limpeza, boa comida e preços justos. E a localização: o bonde chegava rápido ao centro da cidade. Os Davids escolhiam a dedo os inquilinos, dando preferência a rapazes de boas famílias do interior que vinham estudar na Capital ou homens solitários com empregos estáveis. Moças não eram aceitas, havia pensionatos para elas.

Sebastian cuidava das compras e dos contratos; Bertha, da casa e do atendimento em geral. Entre eles havia uma combinação perfeita, responsável, acima de tudo, pelo sucesso do empreendimento. Casal sem filhos, viviam para manter a salvo o mundinho da Pensão Suissa.

Tudo ia bem até Sebastian começar a tossir; veio a febre incessante. O Doutor Aníbal deu o diagnóstico: pneumonia. Bertha, além dos remédios prescritos, lançou mão de recursos caseiros, sem resultado. Incontáveis vezes pediu a Nossa Senhora que intercedesse junto aos Céus. Apesar das preces, ele se foi em uma noite de luar, para desespero da esposa. Nesse momento de profunda dor, uma luz se acendeu: Elizabeth. Agora ela estava de volta.

Armando, que deixou a portaria para ajudar na limpeza, não se lembrava de ter trabalhado tanto em um único dia. A Pensão Suissa ficou "um brinco", disse Madame Bertha, puxando o lóbulo da orelha. O toque especial veio do quiosque da praça. Que bonitas! ela deixou escapar. Quando o luto tomou conta da Pensão Suissa, as cores foram banidas, era proibido sorrir. Mas os tempos mudaram e as flores já podiam se mostrar, ganhando merecido destaque ao centro da mesa de refeições.

O cuco na parede anunciava hora atrás de hora; na quinta vez, o sino da entrada tocou em uníssono com o relógio. Foi só ouvir o "Tenha o prazer, senhorita" e Madame Bertha, sem tirar os olhos da portaria, veio correndo abraçar a sobrinha, murmurando-lhe palavras de bem-aventurança.

A emoção foi grande de parte a parte, não se viam há um bom tempo. Após a morte de Sebastian, Elizabeth permaneceu junto da tia tempo suficiente para ela superar o golpe e aprender a lidar com as tarefas do marido. Deixando tudo encaminhado, retornou a Nova Friburgo, onde morava com os pais, Adam e Elke Fürst.

As duas mulheres tinham traços comuns: pele muito branca, cabelos louros anelados e olhos claros de um azul sereno, como os lagos alpinos. Em alguns aspectos eram bem diferentes. Na altura e no volume Madame Bertha excedia a sobrinha. A afinidade as tornava parecidas, e Elizabeth não se opunha se a vissem como filha. Madame Bertha, por sua vez, adoraria que o engano fosse verdade.

Para Elizabeth, foi reservado um quarto no segundo andar, ao final do corredor, tendo à frente o cômodo de João Vasques, como saberia depois. Os aposentos desse nível eram os mais espaçosos e ventilados. Ela desfez as malas, pôs tudo no armário e foi para o banho.

Às seis horas, madame e os demais hóspedes tomaram assento. Minutos depois, com os cabelos revoltos de quem acabava de descer as escadas em correria, surgiu uma bela moça. Todos os olhares se voltaram para ela: uns encantados, outros hipnotizados. Seguiram-se as apresentações: Esta é a Senhorita Elizabeth Fürst, minha querida sobrinha. E estes cavalheiros são, à minha direita, o Tenente Rodolfo Albuquerque e o Senhor Augusto Loredano; à esquerda, o Senhor Túlio Carvalhosa, o Doutor João Vasques e Mister William Cole.

Elizabeth sorriu ao ver o arranjo de flores, com gotículas de água para conservar o frescor. A grande mesa ocupada pela metade também lhe chamou atenção. Em outras épocas, não se encontrava uma cadeira vazia.

Madame Bertha dirigiu-se a Mister Cole, gerente de campo da St. John Del Rey Mining:

– Como foi o trabalho nas montanhas? Desta vez o senhor demorou bastante. Cheguei a me preocupar.

– A pesquisa não dar bom resultado – respondeu o engenheiro com a notória dificuldade em falar o idioma nacional. – Talvez não ter mais nada para descobrir.

O tenente respirou fundo, tentando se conter, mas não resistiu:

– Ora, as nossas riquezas vêm sendo surrupiadas há séculos: primeiro pelos portugueses, depois pelo imperialismo inglês.

O espanto foi geral, e nos olhares trocados havia uma torcida para que Mister Cole não entendesse o comentário.

– A Senhorita Elizabeth possui um belo nome – disse o Senhor Loredano, com acento no *li* –, próprio de princesas e rainhas. Veja a soberana da Bélgica. Nascida na Baviera, possui o sangue dos Bragança. Foi assim batizada em homenagem...

Antes que ele se perdesse em genealogias, e ainda mais se tratando da Família Imperial, João Vasques levantou-se e tomou a palavra:

– Em nome de todos os presentes, tenho a honra de dar as boas-vindas à Senhorita Fürst, com a expectativa de que a sua estada nesta Capital se estenda por um bom tempo.

O tenente, contrariado, levantou a mão:

– Desejo eu mesmo saudá-la, Senhorita Fürst, não admito intermediários. É um prazer tê-la conosco.

Depois, o Senhor Carvalhosa:

– Embora não queira ser indiscreto, sabemos que a senhorita esteve às voltas com questões legais. Desde já, coloco-me à sua disposição, trabalho em uma Vara da Justiça.

João Vasques não fez por menos:

– Sendo diplomado em Direito, também posso ajudá-la no que precisa ou venha a precisar, e mais ainda que o cavalheiro ao meu lado.

Elizabeth, embaraçada com a profusão de boas-vindas e promessas de ajuda, agradeceu com um discreto *merci*. O tenente, não se dando por satisfeito, mirou sua bateria contra os inimigos prediletos:

– Quero alertá-la, todo cuidado é pouco, há muitos falsos profissionais espalhados por aí.

Madame Bertha pediu ao garçom para servir a entrada e encher as taças de vinho. Um brinde a Elizabeth, ela propôs, e o tilintar dos copos substituiu o choque de opiniões.

O cardápio da noite, um pouco diferente do habitual, levou em conta o gosto da senhorita: pratos simples e leves. De entrada, salada arco-íris, seguida por peixe assado com molho de ervas e purê de batatas-doces. Por fim, bolo de chocolate.

– Seria bom se todo dia viesse um novo hóspede, teríamos sempre algo diferente à noite – disse o Senhor Loredano.

Madame Bertha sorriu em agradecimento, gostava de impressionar a clientela. Passado o efeito do elogio, seu rosto se fechou, talvez ele não fosse merecido. Os lugares vazios eram a prova.

O café e o vinho do Porto abriram espaço para a conversa retornar.

– A senhorita tem planos para a temporada na Capital? – perguntou João Vasques.

– Pretendo dar aulas, leciono para crianças.

– Uma bela profissão! – Entusiasmou-se o tenente. – Posso vislumbrar a senhorita rodeada de meninos atentos à professora.

Elizabeth, com um leve rubor, foi salva por Madame Bertha, que, com a autoridade conferida pela cabeceira, deu por findo o jantar. Todos retornaram a seus aposentos, exceto o Tenente Albuquerque. Mais uma vez, ele foi à sala de fumantes. Acomodado em uma confortável poltrona, soltou círculos de fumaça; a julgar pelo sorriso e olhar distante, repassava cenas agradáveis. A alguns metros dali, o gesto se repetiu sem os círculos de fumaça. O jovem militar não era o único. João Vasques também fora cativado.

4. Tesouro

Chegava ao trabalho e sentia o peso da História. Nada mais antigo e sólido do que o Tesouro, local nomeado pelos gregos, onde se guardavam bens preciosos. Fosse qual fosse o regime político, ele encarnava a essência da Fazenda, outra vetusta palavra relacionada a posses e riqueza. Um bom lugar para início de carreira.

Na família, a ideia de ingressar no Governo veio do pai. As terras ancestrais haviam se cansado da cultura cafeeira, e ele investiu no comércio. Com a dupla atividade, obteve recursos para educar a prole: quatro homens e uma mulher. Pretendia ver ao menos um dos varões tornar-se bacharel. João, o terceiro filho, tomou a si a incumbência desprezada pelos irmãos mais velhos: um desejava seguir à frente dos negócios do pai; o outro, ser médico. Na Faculdade do Largo de São Francisco, conheceu grandes mestres e fez contatos importantes. A nata das famílias mineiras ali se encontrava com a mesma intenção: criar laços e abrir caminhos. Era o tempo da República dos Bacharéis.

Havia muito a fazer no Tesouro. O regime republicano vinha, aos poucos, reformando as estruturas do Império com dificuldades de toda ordem. A começar pelas lideranças, incapazes de se desvencilhar das raízes agrárias, do sentimento de superioridade adquirido no berço e da naturalização dos privilégios. Suas decisões, que deveriam ser *positivas* segundo o novo credo em ascensão, acabavam por se tornar paroquiais, mesquinhas.

Nesse mundo, João nasceu. O Império agonizava. Para as elites da sua região – a Zona da Mata Mineira – ou mesmo do país, o monarca representava apenas uma figura simbólica de poder. O essencial, de fato, era continuar a produzir e vender o de sempre (café e leite), evitando a todo custo a perda de terras para escravizados (libertos ou fugitivos).

No Tesouro, João Vasques foi nomeado quarto-escriturário, etapa inicial para galgar outras posições. Daí em diante o sucesso resultaria de uma equação bem equilibrada de empenho, sorte e relacionamentos. O pai o alertou: Deves aprender essa nova matemática, cuidando para não te afastares do que é certo. As promoções por desempenho e antiguidade ficavam na relação de dois para um, e ele investiu na primeira modalidade. O domínio das leis prometia ajudá-lo.

Os chefes observaram seus pareceres bem-feitos e a habilidade em tratar questões sensíveis. Tais atributos chegaram aos ouvidos do Doutor Régis Maldonado, diretor da Despesa Pública, e ele o chamou para uma conversa. Esperava-o em seu gabinete, com um grande retrato de Venceslau Brás. João Vasques olhou para ambos, havia semelhança entre os dois. Maldonado recebeu-o com gentileza, falou do tempo, de fenômenos meteorológicos, tal qual um sapador a sondar o terreno antes de ir ao ponto:

– Temos um enigma na Delegacia Fiscal de São Paulo. Estamos sendo vítimas de cheques falsos, porém eles não existem.

João Vasques franziu a testa, onde se desenharam três ondinhas paralelas.

– Não existem?
– Existem, mas não são falsos.

Tentou novamente:
– São perfeitos, mas podem ser falsos.
– Por que não chamou a polícia?
– O assunto é delicado, a história não pode cair na mão de jornal sensacionalista – e fez uma careta, antes de lançar o argumento definitivo – logo agora, perto das eleições.
– De que modo posso ajudá-lo?
– Tenho exatos cinco dias para esclarecer a situação. O senhor irá a São Paulo agir *in loco*.
– Sinto-me lisonjeado, porém as chances de sucesso são pequenas, o cenário me parece um tanto nebuloso.
– O Delegado Benevides lhe dará mais detalhes. E lembre-se: a missão é sigilosa.
– Cinco dias? – repetiu João Vasques, olhando para os dedos da mão.
– Eu não descartaria que, ao fim e ao cabo, tudo não passe de um erro contábil. Aguardo o seu retorno, no máximo, na sexta-feira.

Ao se retirar, João Vasques se confundiu com a porta, saiu e voltou mais de uma vez. Teria o diretor contado tudo? Por que ele e não um funcionário mais graduado? E o prazo era bastante exíguo: um dia já se perdera, seria preciso outro para retornar; na prática, sobravam apenas três.

O gosto pelo desafio ou a tão esperada oportunidade de exibir o próprio talento falou mais alto, e na manhã seguinte já se encontrava ele na estação de trem, rumo a São Paulo. Desembarcou portando uma valise e se dirigiu à Delegacia Fiscal, no coração do centro histórico.

O Delegado Armando Benevides o aguardava. Não fosse pelo fato de ocupar o principal gabinete, ninguém diria ser ele o titular: vestia-se com displicência, o abdome era de tal forma projetado que o botão do paletó mal conseguia permanecer na casa. Recebeu o emissário do Governo com uma cortesia protocolar. Indicou-lhe um assento à frente. A entrada da copeira com a bandeja de café rompeu o silêncio. Enquanto eram servidas as xícaras de porcelana e o aroma se espalhava pelo recinto, João Vasques lançou mão de seus casos:

– Este episódio me faz lembrar velhos tempos no Tribunal do Júri, onde ocorrem as mais rocambolescas histórias. Parecem saídas das páginas de um romance, mas são reais e acontecem com pessoas de carne e osso.

– A vida supera a arte – disse o delegado, repetindo uma frase conhecida.

– Tem razão, acontece cada coisa que ninguém poderia imaginar.

– Meu tio foi da polícia e contava episódios incríveis.

João Vasques, percebendo o delegado um pouco menos na defensiva, tocou no assunto que de fato o interessava:

– Poderia me falar sobre os cheques?

– Essa história está acabando com o meu sono – respondeu Benevides com um suspiro. – Há três meses, a Seção de Contabilidade encontrou uma grande diferença no balanço da pagadoria.

– Alguma pista? – disse João Vasques com a mão no queixo, tal qual um detetive.

– Nenhuma.

– Falsários costumam deixar vestígios.

– Não neste caso!

João Vasques espantou-se. Teria sido indelicado? Estava na hora de mudar o rumo da conversa.

– Gostaria de conhecer os funcionários da pagadoria. Pode mandar chamá-los?

– Se me permite, não vejo necessidade.

O bacharel encarou-o sério, como a se perguntar: esta é a colaboração prometida? Mas não falou nada disso, apenas repetiu a pergunta, com a ênfase necessária para ser atendido.

O primeiro a entrar foi Joaquim Cardoso, vulgo Cardosão. Fazia jus ao aumentativo. Os traços delicados do rosto contrastavam com o volume corporal pouco à vontade no terno um tamanho a menos. Do bolso lateral do paletó, saía um papel enrolado, formando grosso canudo. Luís Medina tinha o corpo magro, cabelos lisos e desalinhados sobre a testa. Os pequenos olhos claros movimentavam-se rápidos, semelhantes aos de um felino. Amélia Monteiro era jovem, o rosto lembrava Dolores del Río. O vestido leve deixava entrever um corpo bem-proporcionado; os saltos de quatro a cinco centímetros corrigiam a estatura baixa. Dobrava e desdobrava a ponta do cinto. O delegado indicou-lhes o sofá. Amélia Monteiro se espremeu no canto à direita, Joaquim Cardoso foi para o extremo oposto, restando a Luís Medina o espaço central, assumido com a naturalidade de quem merecia tal posição.

João Vasques apresentou-se: vinha em missão do Ministério da Fazenda. Havia inconsistências nos balanços da pagadoria, e o seu papel era elucidar os fatos. Desejava conhecer o trabalho da repartição e para isto foram chamados. Como nenhum deles se dispôs a começar, o delegado interveio e indicou o Senhor Cardoso.

O funcionário (seria de propósito?) não era dado a explicações. Olhou para o alto, talvez aguardando a descida das palavras por uma escada imaginária. Ao perceber as atenções voltadas para ele, tomou uma respiração e a voz saiu mais límpida do que se poderia esperar de tão angustiante preâmbulo.

— Todo mês recebo o talão e confiro o número de cheques; não pode ter nem um a mais, nem um a menos. Depois, pego a folha de pagamento, procuro o nome de cada funcionário, vejo quanto vai receber e escrevo no cheque.

Cardosão, mirando João Vasques, disparou:

— De uns tempos para cá, deram para vigiar o meu trabalho. Pode tirar o cavalinho da chuva. Não vai encontrar nada.

— Fique calmo, Senhor Cardoso, não quero acusá-lo.

Luís Medina fez com as sobrancelhas um ligeiro movimento em direção a Amélia Monteiro. Ela se empertigou e falou com voz suave:

— Confiro cada cheque com muita atenção, o Senhor Cardoso é um pouco distraído — e fitou o colega com o rabo de olho. — Depois, levo tudo para o subdelegado assinar.

Luís Medina permaneceu calado. Foi preciso João Vasques fazer um gesto de "vamos, é a sua vez!". Só então ele se dispôs a falar, havia agitação em sua voz:

— Quero ver, mostre a autorização deste interrogatório! Quem é o doutor para me fazer perguntas, hein? Vou denunciar este complô!

— É melhor responder. Caso contrário, abro inquérito administrativo aqui e agora — contrapôs com firmeza João Vasques, arriscando um blefe.

— A Senhorita Monteiro me passa os cheques assinados — respondeu Luís Medina, aparentemente vencido. — Vou de sala em sala e entrego um por um. No dia certo faço o pagamento. Depois, passo um elástico no bolo e guardo.

– E sobre a folha de pagamento? Quem pode me responder?

– Vem pronta da subdelegacia – explicou Armando Benevides.

João Vasques dispensou o grupo (para alívio geral), deixando bem claro se tratar da primeira conversa. À tarde, foi ao encontro de um antigo colega: Antônio Paes Leme. Advogado com invejável clientela na elite paulistana, estudara no Largo de São Francisco, seguindo a tradição das famílias quatrocentonas. Tornaram-se amigos, porém a vida os levou por caminhos diferentes.

Ao vê-lo, admirou-se, não mudou nada, disse Paes Leme, continuava o boa-pinta dos tempos de faculdade. João Vasques riu muito, mas de forma alguma admitia tal opinião. Sentaram-se em elegantes poltronas de couro preto separadas por uma mesa de centro, com uma pilha de revistas forenses; sobre elas, evitando que despencassem, uma escultura da deusa Têmis de olhos vendados, trazendo em uma das mãos a balança e, na outra, a espada justiceira.

A conversa acompanhada por xícaras de café se estendeu bem mais do que o previsto, eram muitas as lembranças de parte a parte. João Vasques explicou a missão que o levara a São Paulo e pediu ajuda: precisava de informações a respeito de três funcionários da Delegacia Fiscal. Não podia ir à polícia, pelo menos nesse momento. Paes Leme, que tinha muitos contatos, anotou os nomes. E prometeu: amanhã, após o almoço, terá o que precisa.

No dia seguinte, o bacharel voltou à delegacia. Apesar da notória resistência do titular, era onde se encontrava a sua principal fonte de pesquisa. A recepção foi tão morna quanto a anterior.

– Conte-me sobre o "trio da pagadoria" – João Vasques pediu, amigável.

– O que sei é apenas de ouvir falar – e o delegado coçou a cabeça. – Não tenho tempo para assuntos triviais.

– Sou todo ouvidos.

– *Ladies first* – ele pronunciou em um inglês sofrível. – A Senhorita Monteiro é uma das poucas mulheres da repartição e a mais bonita, lembra uma artista de cinema. Talvez por isso seja bastante recatada.

– E no trabalho?

– Ótima datilógrafa, muito caprichosa.

O delegado fez uma pausa, a prudência mandava calar-se. Em súbito impulso, acabou expondo algo bastante pessoal sobre a funcionária:

– Está comprometida. Mas há *um* porém – e reforçou o numeral com o dedo indicador. – O noivo perdeu o emprego e não pode marcar o casamento. O destino é muito caprichoso.

– Uma pena!

– Talvez não valha a pena! – disse o delegado, sugerindo conhecer algo mais íntimo.

– E o brutamontes?

– Cardosão é um homem estranho. Tem pavio curto e fama de violento. Foi advertido por discutir com um colega, chamando-o para uma briga "lá fora".

– Ontem pude perceber o pavio quase acendendo.

– Dizem que toca violino, mas não combina com ele.

– Faz sentido. Notei o papel enrolado no bolso: uma partitura.

O delegado se mexeu na cadeira; fora preciso um estranho lhe contar algo que poderia conhecer, caso se interessasse. O botão do paletó escapou mais uma vez e a tentativa de colocá-lo em seu devido lugar lhe deu alguns segundos de paz.

– E o Senhor Medina?

– Malandro, vive contando vantagem. Não esconde ser filho de oficial da Força Pública.

– Um tipo manipulador, percebi em relação à moça.

– Pois é, vive a lhe dar conselhos. Logo ele!

– E no trabalho?

– Veio transferido da Alfândega de Santos graças às ligações do pai com o Doutor Maldonado – respondeu Benevides, atento à reação do interlocutor. – Pertencem ao PRM.

– Companheiros?

O delegado vibrou com o efeito de suas palavras. João Vasques despediu-se, precisava de ar. Caminhou pela rua, até encontrar uma cafeteria: um duplo, por favor. Pôs-se a observar a fumaça se desprendendo da xícara em caprichados volteios, como diante de um oráculo. Decerto repassava a cena. O Doutor Maldonado omitiu a ligação com os Medina, disse baixinho. Em uma caderneta de bolso, rabiscou palavras, círculos e setas.

Retomado o equilíbrio, João Vasques foi direto ao suposto local do crime: a pagadoria. Caminhou por um corredor de pintura gasta. Uma pequena placa ao lado da porta trazia o nome da seção. Na sala de tamanho convencional, havia um armário e estantes coalhadas de papéis a se derramarem (os papéis) por onde houvesse espaço livre. Em meio a tudo isso, semelhante a ilhas de um arquipélago, ficavam as mesas dos funcionários.

A visita teria sido ignorada, se possível. Ninguém respondeu ao boa-tarde. Um cantarolar no fundo se calou. Cardosão era dono de uma voz afinada.

– Onde ficam guardados os cheques pagos? – perguntou João Vasques à queima-roupa.

– Ora, vão para o armário, não têm mais serventia – disse Luís Medina de sua cadeira inclinada sobre os pés traseiros. – Guardamos por um tempo e depois vão para o lixo. Aqui tem pouco lugar, o senhor pode ver – e mostrou, com um gesto largo (e um sorriso sarcástico), o espaço atravancado.

– E se houver algum erro?

– Fique tranquilo, doutor, isso não acontece – respondeu Luís Medina com uma piscadela.

– E as chaves do armário? E da sala? Quem toma conta?

– A chave da entrada é comigo – disse Cardosão. – Abro a porta para o pessoal da limpeza. A outra, o doutor pergunta para o Medina.

Ouviu-se um *clap*, o ruído de algo se chocando sobre uma superfície. Todos se voltaram para a mesma direção. Próximo à janela, Amélia Monteiro, de pé e segurando uma espécie de mata-borrão preso a uma haste, acabava de espremer o inseto a sobrevoar os seus domínios. No rosto, a satisfação por eliminar o inimigo. Odeio pernilongos! ela disse. Depois, sentou-se e cruzou os braços.

João Vasques foi ao escritório de Paes Leme. A secretária lhe entregou um bilhete. Abriu o envelope e retirou um cartão escrito com letras bem desenhadas:

> Meu caro Vasques,
>
> Peço desculpas por não lhe falar pessoalmente.
> Consultei meus informantes a respeito dos três funcionários.
> Apenas um deles se envolveu em algum tipo de irregularidade.
> Trata-se do Senhor Luís Medina, acusado de cobrar taxas extras no porto de Santos.
> A queixa foi retirada, o pai é pessoa influente.
>
> > Saudações do amigo,
> > Antônio Paes Leme

De volta à delegacia, João Vasques procurou o Subdelegado Diógenes Assunção, que o recebeu com boa vontade. Tomara conhecimento do emissário da Capital, chamado nos bastidores de O Grande Inquisidor. Ao contrário do chefe, compreendera o motivo daquela presença e não a temia.

– Como são feitas as folhas de pagamento? – quis saber João Vasques.

– Por medida de segurança, são feitas aqui mesmo. Tomamos por base a do mês anterior e calculamos descontos ou acréscimos. Depois, a funcionária da pagadoria vem buscá-las.

– Um detalhe importante – acrescentou João Vasques. – São escritas à mão?

– Nem pensar! – disse o subdelegado, balançando a cabeça. – Devem ser datilografadas e sem rasuras.

À noite, no hotel, João Vasques relembrou os diálogos: partes do quebra-cabeça começavam a surgir. Para não despertar atenção, os cheques e a folha de pagamento teriam que ser modificados. Mas em que momento? E por quem?

No último dia, restava uma providência. Voltou à pagadoria, pediu para ver os cheques dos três últimos meses. Cardosão reagiu com uma carranca; Amélia Monteiro enrubesceu; e Luís Medina, sem alternativa, entregou-os. Em um relance, surgiu a última peça.

João Vasques não perdeu tempo e foi direto ao gabinete do delegado: Por favor, convoque a Senhorita Monteiro e o Senhor Medina. Armando Benevides não gostou nem um pouco de receber ordens de um subalterno. É preciso explicar o motivo, não é assim que as coisas andam, reagiu ele. O bacharel mais uma vez blefou, afirmando ter carta branca, era só ligar para o ministério.

Os funcionários, embora estivessem a poucos metros de distância, custaram a comparecer. O delegado perambulava pela sala, o botão sobre a barriga a escapar da casa, irremediavelmente. João Vasques mantinha a calma, aguardando o próximo movimento. Por fim, eles vieram, postando-se lado a lado. Desconfiados, recusaram assento.

– Onde conseguiu a caneta para refazer os cheques depois de assinados? – perguntou João Vasques à senhorita.

– Caneta? Não estou compreendendo – ela disse com voz quase apagada.

– Os papéis foram adulterados – disse João Vasques, movimentando-se em torno dela, mãos nos bolsos. – A tinta que recobre os valores originais desaparece com o tempo. Por isso devem ser bem guardados e depois descartados. Quanto à folha de pagamento – prosseguiu João Vasques –, a senhorita, muito habilidosa, confecciona outra com novos valores. E tem mais: aparenta fragilidade, mas é uma pessoa bem decidida – e olhou para o delegado, ele sofria ao ver o belo rosto de Amélia Monteiro se transtornar.

João Vasques voltou-se para Luís Medina:

– O senhor é o cérebro do golpe. O que fez para esta jovem se tornar cúmplice de uma fraude?

– Acho bom provar cada palavra contra mim! O doutor não sabe com quem está se metendo! – reagiu Luís Medina, elevando a voz.

Um choro miúdo brotou em meio à tensão: Amélia Monteiro.

– O Senhor Medina prometeu arranjar emprego para o meu noivo. Em troca, teria que ajudá-lo nos cheques. Quero muito me casar! – disse com olhos vermelhos.

– Sou inocente! – gritou Luís Medina. – Juro pela felicidade da minha filha!

– Agora, o caso é com a polícia.

O delegado fez um gesto para que os funcionários se retirassem. Ele também fora atingido pelo impacto das revelações. Afinal, tudo aconteceu debaixo do seu nariz. Arranhou algumas palavras sem sentido. Teria muito a explicar, porém João Vasques nada cobrou. Bastava-lhe saber que, apesar de tudo, ele não se envolvera na trama.

Hora de partir para o Rio de Janeiro, disse João Vasques de volta ao hotel. Na manhã seguinte, após um pequeno café, pediu à recepção para encerrar a conta, tudo ocorrera a contento.

— Pretende viajar de trem? — disse o rapaz do balcão, sem jeito.

— É o que todos fazem.

— O senhor não deve saber — ele prosseguiu, ainda mais sem jeito —, os ferroviários entraram em greve à meia-noite.

— Gre-ve?

Abatido, João Vasques caminhou até a sala de espera, àquela hora vazia. Jogados sobre o sofá, alguns jornais. Um deles estampava na primeira página em letras enormes: SÃO PAULO AMANHECE COM FERROVIAS PARADAS. Mergulhado no trabalho, ignorara o movimento grevista. Para sua maior aflição, os serviços de trens só foram retomados aos poucos, à medida que a polícia desbaratava os piquetes e prendia os líderes. Com algum esforço — havia um acúmulo de passageiros nos guichês disputando bilhetes —, conseguiu desembarcar na Central do Brasil na tarde de domingo.

Na manhã de segunda-feira, apresentou-se no Tesouro. Maldonado não escondeu a contrariedade, fora repreendido pelo ministro. Nem parecia o homem despreocupado de alguns dias atrás.

— O senhor deve ter tomado conhecimento dos fatos — disse João Vasques muito sério. — Atrasei-me por motivo de força maior.

— Li nos jornais, uma verdadeira insurreição — respondeu Maldonado, revelando uma faceta dramática, também desconhecida.

— Os operários estavam cansados de receber baixos salários, trabalhar muitas horas e ainda apanhar da polícia. Era o que se ouvia pela cidade.

– Meu caro, o estado de São Paulo está cheio de anarquistas, socialistas, gente da pior espécie. Vêm do estrangeiro tumultuar o nosso país.

A greve repercutira muito mal nos círculos do Governo, um perigoso exemplo a ser evitado. João Vasques, percebendo o chefe em perfeita sintonia com o discurso oficial, desistiu do assunto. Viera prestar contas.

– Doutor Maldonado, sinto muito, a solução do enigma não passa pela contabilidade.

– Ah! Não?

– Trata-se de uma fraude muito bem arquitetada por um funcionário, Luís Medina. O senhor deve conhecer.

O diretor se aprumou, pressentia algo estranho. Emitiu um som quase imperceptível. Esperava outro tipo de notícia.

– Omitir ligações pessoais é um prato cheio para os jornalistas.

– Mais respeito! – exaltou-se o diretor, dedo em riste. – Não admito impertinências!

– A esta altura, o Doutor Benevides já informou às autoridades – continuou João Vasques no mesmo diapasão. – Teria sido melhor se partisse do senhor.

E tomando fôlego, sem que pudesse calar, ainda que diante de um homem passando rapidamente de decepcionado a furioso:

– Com certeza alguém contará à imprensa, como me contaram, que o senhor arranjou a transferência de Luís Medina para a Delegacia Fiscal.

Como ousava criticá-lo? E ainda lhe dar conselhos? Maldonado não podia admitir tamanho atrevimento vindo de um subalterno. Uma tempestade estava prestes a desabar. A entrevista acabou! ele disse esbravejando. João Vasques apanhou o chapéu pendurado no cabide e, antes de sair, deu uma última olhada para o diretor em estado de combustão. Os ombros arquearam diante do absurdo. Ou talvez tenha se lembrado da promessa feita ao pai.

5. Secretário

A missão em terras paulistanas provocou resultados adversos. O diretor da Despesa Pública não digeriu a ousadia do subordinado e lhe deu o troco em doses homeopáticas. João Vasques viu-se preterido nas promoções por merecimento, ficando apenas com as compulsórias, por tempo de casa. Piores ainda eram as pequenas humilhações ao receber tarefas insignificantes, muito aquém da capacidade de um bacharel. As leis não escritas da burocracia podiam ser cruéis, ignoravam as conquistas do Humanismo, remetendo ao princípio bíblico do olho por olho, dente por dente.

A verdade sempre aparece, ele acreditava, mas que não demorasse muito, pretendia se firmar na profissão e pensar em voos mais amplos: casar-se, ter filhos, essas coisas que em geral demandam, além do afeto necessário, recursos financeiros. Completara três décadas. Os irmãos o alertavam: Já passou da hora de constituir família. E ele contrapunha: Preciso de um bom motivo e não de uma convenção social. E se o motivo surgisse?

O compromisso assumido perante o pai – tornar-se um bem-sucedido bacharel – também lhe pesava. Desde jovem, abraçara a ideia. No entanto, seu caminho encontrava-se bloqueado pelo rancoroso diretor. Em família, o irmão Aníbal chamou-o para uma conversa: Não é assim que se faz.

O mundo dá voltas, diz o povo, e o mundo da política mais ainda.

Em meio à severa crise provocada pela Grande Guerra na Europa, o presidente da República nomeou um novo ministro da Fazenda. Nascido em um dos clãs mais poderosos das Minas Gerais, cujo prestígio vinha dos tempos do Império, Álvaro Gomes de Toledo, embora tivesse projeção nacional, prezava os laços locais, e um deles o unia à família Vasques. Ao assumir o posto, convidou o terceiro-escriturário, já em vias de se tornar segundo, para a importante função de secretário. A melhoria financeira permitiu a João Vasques abandonar as cansativas aulas em domicílio e se envolver de corpo e alma no trabalho. Além disso, o convívio com os estratos superiores do poder lhe abriria novas possibilidades.

Gomes de Toledo tornou-se um dos mais jovens titulares da Fazenda do regime republicano e sua passagem pelo Governo representou uma breve pausa em uma trajetória mais ambiciosa. Figura respeitada nos círculos parlamentares, gostava de ouvir opiniões, fugindo ao padrão determinista de seus pares. Nesse formato, o papel do secretário fazia jus ao significado original da palavra – pessoa a quem se confiam segredos –, e João Vasques pôde, enfim, mostrar do que era capaz.

A vida do bacharel se transformou por completo. Na Pensão Suissa, a mudança foi de imediato notada: perdia o café da manhã, saía apressado – "tenho de ir à casa do chefe" –, voltava tarde e ficava sem a janta. Elizabeth ressentiu-se, gostava do seu jeito alegre e otimista, até do "bacharelês". O tenente, ao contrário, aplaudia (em segredo) tais ausências.

O estilo moderno logo se impôs no edifício da avenida Passos. Em vez de passar horas e horas no gabinete assediado por todo tipo de demandas, o novo titular preferia dar início à jornada em sua própria casa. Com a ajuda do secretário, organizava a papelada e a agenda de compromissos. As tardes das segundas e quintas eram destinadas às audiências públicas, que podiam reunir em torno de cem pessoas na fila de espera e acabavam no começo da noite.

João Vasques dirigia-se à residência na rua do Aqueduto quase todos os dias. Gomes de Toledo e ele ficavam de três a quatro horas examinando uma variedade de assuntos, desde os corriqueiros, entregues ao pessoal administrativo, até os mais delicados, a requerer apreciação demorada. No intervalo, Dona Mercedes, a copeira, trazia café e um apanhado de doces caseiros: pé de moleque, goiabada com coco, doce de leite. Nesses momentos, davam-se breves interseções entre o mundo público e o mundo privado: as filhas do ministro recebiam permissão para entrar no escritório e confabular com o pai. A mais velha, Maria Eduarda, puxava conversa com o secretário; Antonina, em vias de deixar a infância, era a timidez em pessoa; e Leonora, ainda pequena, fazia minuciosa investigação dos objetos a seu alcance. Quando as xícaras se esvaziavam, a ordem era debandar, e as meninas se despediam, deixando para trás os sons dos gracejos e do farfalhar dos vestidos.

Os encontros diários consolidaram respeito mútuo entre os dois homens.

– Meu caro Vasques, tenho uma tarefa a lhe confiar. Amanhã, às onze horas, o líder do Governo na Câmara partirá rumo à terra natal: o Piauí. O presidente decidiu que todos os auxiliares, sem exceção, devem comparecer ao cais Pharoux.

O ministro assumiu postura solene, sob o olhar atento do secretário, que esperava importante declaração.

– Considerando a distância da Capital a Teresina, passaremos um bom tempo sem o nosso líder – ele concluiu com uma gargalhada.

E recobrando a seriedade:

– Fui convocado para uma audiência na Justiça à mesma hora. O senhor deve me representar nessa despedida.

– Se me permite, creio que o Coronel Lousada, como chefe de gabinete e oficial do Exército, entenderá a minha designação como quebra de hierarquia.

– Não sou homem de me pautar por princípios militares. Por favor, não se atrase.

Acostumado a viver no restrito círculo dominante, Gomes de Toledo ignorava as tramas nos bastidores do Governo. João Vasques, ao contrário, sabia-as muito bem, bastando-lhe os apuros vividos com o Doutor Maldonado.

Os assuntos aduaneiros vinham se avolumando. Além do cálculo das tarifas e multas, motivo constante de reclamações, tornavam-se cada vez mais numerosas as queixas quanto à forma de atuar da Alfândega da Capital. Os importadores se diziam prejudicados pela demora no despacho, pela perda de produtos devido ao armazenamento malfeito e, ainda, pelo sumiço de mercadorias saídas dos porões dos navios sem chegar aos armazéns.

Após uma daquelas manhãs intensas de trabalho, o ministro convidou o secretário para o almoço em família; em seguida visitariam os armazéns do porto. No trajeto, João Vasques pôde apreciar a bela vista da baía e o movimento febril do cais: trabalhadores descarregando fardos dos porões dos navios, enxames de despachantes correndo para liberar as cargas. Um mundo novo e atraente. No

Armazém 1, aguardava-os o inspetor, que se deslocara da praça XV com inusitada rapidez.

– Tenho recebido muitas queixas da Alfândega, brotam de todos os lados, parece mina d'água – disse o ministro.

– Lidamos com muitas deficiências – replicou o inspetor, um tanto constrangido com a fala sem rodeios. – A sede fica a quilômetros daqui, temos poucos funcionários, uma única lancha de fiscalização, faltam materiais de todo tipo. Improvisamos a cada momento, o resultado não pode ser satisfatório.

– Verei o que temos a oferecer de imediato.

– De todas as situações, a mais grave, sem dúvida alguma, são os furtos em plena luz do dia. O cais é uma espécie de queijo suíço.

O ministro arregalou os olhos, devia imaginar os buracos à volta.

– Pelo contrato – prosseguiu o inspetor –, os guardas da companhia arrendatária atuam com exclusividade na faixa do cais e a Guardamoria não pode intervir. E, se acontecem desvios, a culpa recai sobre a Alfândega, acusada de ser conivente com os ilícitos.

– Vou estudar o caso.

De volta ao gabinete, Gomes de Toledo reuniu os auxiliares e expôs a situação da Alfândega com seu emaranhado de problemas. Lousada pediu a palavra:

– Com todo respeito, por que o senhor não me convocou para essa visita? Segurança é a minha especialidade, podemos utilizar táticas de repressão testadas e aprovadas na Indochina.

O espanto surgiu em todos os rostos, houve quem ameaçasse rir, porém não o fizeram. O ministro explicou:

— Meu caro Lousada, a questão é de entendimento com a empresa arrendatária. Precisamos rever o contrato da Companhia Exploradora do Cais do Porto. Encarreguei o secretário de estudar o caso.

— Eu não confiaria a solução desse problema a um bacharel — ele rebateu, provocando novas reações de espanto diante de tamanha descortesia.

A nomeação do chefe de gabinete se dera por acordo; o rompimento unilateral causaria um abalo político. Vamos, disse o ministro ao secretário, a Caixa de Amortização nos espera. Imóvel, João Vasques o viu se afastar. Na saída, deteve-se a alguns centímetros do colega:

— O senhor fez um comentário absurdo e não o critiquei, honrando os seus cabelos brancos e a sua patente. Exijo ser respeitado!

Instalado junto ao chefe no automóvel, a caminho da avenida Rio Branco, João Vasques, ainda tenso, relatou seu desabafo. Sem emitir comentário (sabia que o auxiliar estava certo), o ministro se refastelou no banco e fechou os olhos, temendo as consequências.

O compromisso na Caixa de Amortização foi rápido, todos tinham pressa. Pela primeira vez em semanas, João Vasques chegou à pensão a tempo de jantar.

— Afinal, teremos a sua companhia! — disse Elizabeth.

— Para mim é uma honra, sinto falta dos quitutes preparados pela Davina. Hoje almocei com o chefe e suas filhas adoráveis. Porém a comida, muito saborosa, veio em quantidades parisienses.

Elizabeth ficou séria, aquela intimidade a perturbou.

— Eu não troco a boa comida caseira por esses pratos *chics* — disparou o tenente. — Têm cada ingrediente esquisito! Vejam só o tal do *foie gras*, nada mais é do que fígado de ganso hipertrofiado.

– O senhor tenente ficaria mais satisfeito se lhe oferecessem salsichas com chucrute, não é mesmo? – reagiu o Senhor Loredano, com ar de pouco caso.

– Embora aprecie a culinária alemã, ainda prefiro a brasileira, com seus pratos simples e fartos. Não sou dessas pessoas – circulou o olhar pela mesa – que aceitam passar fome com porções ridículas de comida só pelos nomes franceses.

Ao perceber o bacharel se preparando para o revide, Madame Bertha pediu calma. E lançou o desafio:

– Por que não aproveitar o melhor dos dois cozinhas?

A pequena plateia já fora cativada e não se importou com o tropeço no português.

– Nasci em uma vila muito distante. No dia da viagem, fiquei de pé no tombadilho, o meu mundo desaparecia pouco a pouco. Então me despedi, talvez nunca mais encontre aquele céu.

Madame Bertha fez uma pausa, olhar vago, devia buscar na memória um fragmento de azul. Respirou fundo e prosseguiu:

– Encontrei um país amigo, uma vida feliz com meu Sebastian. Na Pensão Suissa, queria servir comida da minha terra, mas não encontrava nada parecido. Davina, sendo filha do povo africano, me ensinou a ouvir os frutos daqui.

A surpresa foi geral, Madame Bertha estava irreconhecível. Ela evitava falar de si mesma, porém nessa noite as palavras não puderam se conter.

– Conheço os alimentos do Brasil tão bem ou melhor do que muitos brasileiros. Na feira da Glória, legumes e verduras me cumprimentam, e os temperos dizem baixinho: "Bertha, me põe junto desta raiz"; "vou bem com aquela carne". Falam comigo e me dão sugestões. Este é o verdadeiro segredo do nosso cardápio.

O relato ressoou em cada um dos presentes. Elizabeth fez força para não chorar. Os demais, em silêncio permaneceram; o tenente se recolheu, mirando o prato diante dele.

Trégua.

6. Restaurante

A brisa do mar movia as cortinas em dança suave; o flamboyant, generoso, dispersava confetes em tons de verde à sua volta. Um punhado deles assentou-se aos pés de tia e sobrinha, em um momento de intervalo para o café. Como pode uma árvore tão grande ter folhas tão pequenas? observou Madame Bertha, admirando um raminho caído sobre a toalha. Elizabeth achou graça dessa lógica.

– O que está acontecendo com a Pensão Suissa? – perguntou a moça, sem mais nem menos.

A alegria de Madame Bertha fugiu do rosto. Ela pousou o olhar sobre a mesa, custava-lhe admitir dificuldades.

– Os negócios não vão bem, faz tempo. Já me perguntei se fiz algo errado, mas só encontro uma resposta e fica nesta mesma rua: Pensão Beethoven.

Madame Bertha torceu as mãos, aflita. Elizabeth, com atitude respeitosa, encorajava-a a prosseguir no assunto dolorido.

– Foi a Beethoven aparecer e ninguém mais veio procurar pelos nossos quartos. Aconteceram coisas terríveis. Clientes antigos tiveram coragem de fechar a conta e mudar para lá. E nem esconderam a traição!

A figura muito branca de Madame Bertha tomou um tom avermelhado.

– Um tal Senhor Hammer, com inveja do nosso sucesso, só pode ser, abriu uma pensão para roubar os nossos clientes.

Vá bater pregos no inferno! – disse, fechando o punho e socando o ar.

– O que ele fez?

– Espalhou panfletos pelo bairro falando maravilhas, prometeu mundos e fundos. Até eu recebi.

Madame Bertha foi ao balcão, abriu a gaveta e retirou um papel amassado. Elizabeth leu em voz alta:

PENSÃO BEETHOVEN

RUA DA GLÓRIA, 68

Recomendável para famílias de tratamento.
Bela posição à beira-mar, completa comodidade para os senhores hóspedes.
Aqui encontrarão a mais rigorosa higiene.
Preços razoáveis.

Proprietário: W. Hammer

INAUGURAÇÃO: DIA 10 DE MARÇO

OS SENHORES SÃO NOSSOS CONVIDADOS!

Venham conferir as instalações e tomar uma caneca de cerveja!

– Esperto, esse Senhor Hammer! Deve ter ganhado muita gente com uma caneca de cerveja. Mas isso não explica tudo.

– Os homens que entram e saem da Beethoven não são da mesma categoria dos nossos – acrescentou Madame Bertha com uma ponta de orgulho.

– Talvez os "preços razoáveis" sejam inferiores.

– Pode ser, mas o Senhor Hammer não dá tratamento igual. E muito menos a comida. A nossa é famosa no bairro.

– Tia Bertha, temos um dilema – disse Elizabeth com delicadeza na voz. – Os preços aqui não podem ser reduzidos. Se economizarmos nos cuidados e na limpeza, a pensão perde a clientela fiel.

– Ah! Se o meu Sebastian estivesse por aqui, tirava satisfação desse pilantra – suspirou Madame Bertha. – Ele me faz uma falta!

– Vamos pensar, deve ter uma saída.

Elizabeth franzia e desfranzia a testa. Madame Bertha dava sinais de nervosismo. De repente, o rosto da sobrinha se iluminou.

– Desta vez, quem vai se surpreender é o Senhor Hammer. Abriremos um res-tau-ran-te! – disse Elizabeth sublinhando as sílabas.

Apesar da expressão incrédula de Madame Bertha, ela continuou sem perder o entusiasmo:

– Aos domingos, as famílias do bairro gostam de ir à missa, passear pela praia de Santa Luzia, visitar o aquário do Passeio Público. Nada melhor do que, no retorno à casa, virem desfrutar a deliciosa cozinha da Pensão Suissa. Será um ótimo cartão de visitas e ainda faremos um pé-de-meia para compensar a perda dos inquilinos.

– Onde fica esse restaurante? – perguntou Madame Bertha, um tanto confusa.

– Vamos abrir o salão do primeiro andar, colocar mesas e cadeiras, belas toalhas e aguardar a clientela. Espalharemos nossa propaganda por todo o bairro. Sem esquecer de colocar uma tabuleta bem bonita na fachada.

RESTAURANTE DAS FAMÍLIAS
ABERTO AOS DOMINGOS

– E tem mais: dentro de um mês começamos. Daremos a notícia à nossa clientela, sugerindo convidar os parentes. Vão gostar de conhecer o local onde vivem filhos e irmãos.

Madame Bertha sorriu, já podia ver cavalheiros e damas elegantes circulando pelo salão.

Começaram pelo *menu*. Na cozinha, reuniram-se as partes interessadas. Os pratos devem ser atraentes, disse Madame Bertha. E variados, lembrou Elizabeth. Com tempero especial, sugeriu Davina, olhando os potes na prateleira repletos de especiarias. Ideias aprovadas, decidiram seguir a tradição da casa – uma combinação das cozinhas suíça e brasileira – para alimentar os devotos de Nossa Senhora e outros não tão religiosos sem lhes custar os olhos da cara. O cardápio foi organizado no formato tradicional: entrada, prato principal e sobremesa, além de refrescos e bebidas cobrados à parte. Os preços, acessíveis.

O salão colecionava objetos inúteis, ali deixados por preguiça de jogá-los fora. Elizabeth examinou-os um a um: lixo! Um tapete em bom estado, precisando apenas de uma escovada, foi o único a salvar-se do desterro. Só então o espaço pôde ser limpo; o assoalho, esfregado; as janelas voltaram a ser translúcidas, recebendo cortinas de *voile* com as iniciais PS bordadas em dourado. Providenciaram mesas e cadeiras com estofamento novo e um aparador largo de madeira maciça. Toalhas de linho branco e os respectivos guardanapos foram lavados e engomados. As louças de festa e os talheres de prata, xodós de Madame Bertha, receberam autorização de uso por ser a causa muito nobre.

Na cozinha, contrataram uma ajudante para substituir Davina tão logo aprendesse o serviço. Elizabeth ficaria responsável por encaminhar os clientes às mesas e receber os pedidos. Para Madame Bertha, as honras da casa.

Elizabeth achava a Pensão Suissa sóbria demais, carecia de um pouco de beleza. Na feira de antiguidades, encontrou um vaso chinês de porcelana branca com ideogramas azuis, uma bandeja de prata e um par de castiçais e velas. Madame Bertha resolveu colaborar e trouxe um quadro com uma bela paisagem. O tapete resgatado e limpo foi posto à entrada do salão. No quiosque, encomendaram flores do campo.

A propaganda seria feita em vários *fronts*, para usar uma palavra muito em voga. Elizabeth redigiu o panfleto. Madame Bertha adorou.

> ## ❧ RESTAURANTE DAS FAMÍLIAS ❧
>
> Se deseja um almoço diferente no domingo.
> Se deseja conhecer saborosos pratos da cozinha internacional.
> Se não quiser gastar muito com tudo isso...
>
> **Venha almoçar no Restaurante das Famílias!**
>
> Pensão Suissa, rua da Glória, n. 50
> Aberto aos domingos das 11 às 2 horas
>
> **INAUGURAÇÃO:**
> **DIA 23 DE SETEMBRO**

Na Tipografia Central, imprimiram quinhentos papéis e os exemplares do *menu* em quatro versões, uma para cada domingo. A tabuleta foi encomendada à Marcenaria Caprichosa.

Assim que recebeu os folhetos, Madame Bertha não perdeu tempo. No jantar, pediu a palavra, com o tradicional bater de leve em um copo de cristal:

– Meus caros amigos, tenho uma grande novidade. Os senhores devem ter notado um movimento diferente. Pois bem! Graças a minha querida sobrinha Elizabeth Fürst, temos uma nova atração: o Restaurante das Famílias! – e distribuiu a propaganda, lida de um só fôlego.

– Madame e Senhorita estão de parabéns. Excelente essa ideia de oferecer aos nossos parentes e amigos o que nós conhecemos todos os dias. Desde já, gostaria de fazer reserva para a família Vasques.

– Aprovado com louvor – disse o Senhor Augusto Loredano. – Convidarei meu pessoal de Niterói, será um ótimo pretexto para assistirmos à missa da Glória, a mais bonita de todas as missas da cidade. Por favor, outra para mim.

– *Mucho* bom! – aprovou Mister Cole, mestre em combinar palavras de diferentes idiomas. – Trazer amigos de Santa Teresa.

O Tenente Albuquerque, em geral muito rápido em disparar opiniões, permaneceu em silêncio. Por fim, quando todos os olhares se voltaram para ele, assumiu o ar de superioridade já conhecido:

– Louvo a iniciativa, mas terei serviço nessa data – e mais não disse.

Os dias seguintes foram de intenso trabalho. Encarregaram o Toninho, filho do sapateiro, de espalhar os papéis pelo bairro, devendo passar algumas vezes pelos comércios e parar nos locais mais frequentados: o ponto do bonde e o quiosque de jornais.

Apesar do otimismo, havia uma boa dose de risco. A sorte fora lançada; tal qual Júlio Cesar, atravessariam o Rubicão. A data escolhida – o segundo dia de primavera – era o início de um novo tempo para a Pensão Suissa. Com as bênçãos de Nossa Senhora, a quem já tinha sido feita promessa.

Amanheceu o grande dia. Elizabeth despertou, luzes invadiam o quarto. Abriu a janela: a igrejinha brilhava com os raios de sol. No azul do céu, largas pinceladas de nuvens brancas escorriam como tinta fresca. Costumava reter as primeiras ideias da manhã; durante o sono, alguém lhe enviava respostas para as suas perguntas. Uma borboleta branca com seu voo irrequieto foi e voltou uma, duas vezes. Bom augúrio.

Logo cedo todos estavam de pé. Providências repassadas: salão em ordem, mesas postas, panelas fumegando. À última hora colocaram um banco do tipo namoradeira no vestíbulo, para o caso de haver necessidade de espera. O quadro foi pendurado sobre o aparador; e a tabuleta, na fachada. As flores do campo vieram por último.

Os primeiros a chegar foram os Loredano. Tendo que atravessar a baía, saíram cedo de Niterói. Fizeram uma viagem tranquila, sem solavancos: o mar, muito calmo, lembrava um tapete, por onde deslizou a barcaça acompanhada de gaivotas. Augusto Loredano deteve-se diante da tela na parede, onde se via, sobre um morro, antiga construção religiosa. Aproximou-se para ler a assinatura no canto direito.

– Madame, a senhora possui uma preciosidade! – disse ele, surpreso. – O autor deste quadro chama-se Eliseu Visconti, pintor de origem italiana várias vezes premiado.

– De fato, é o nome dele. Deixou em troca do aluguel.

Mister Cole e seus amigos ingleses entraram com estardalhaço, não lembravam nem um pouco os austeros súditos de Sua Majestade George V. A pintura também lhes despertou atenção.

– Que bonito! O Convento de Santa Teresa e a pequena igreja! – disse Thomas, um dos amigos. – Passar em frente todo dia.

Duas famílias chegaram juntas: a do Seu Ananias, antigo comerciante na rua Santo Amaro, e a de Dona Manuela, famosa pelo ateliê de costura ao lado do Templo Positivista, na rua Benjamin Constant. Encantada, ela observou: Nem parece a mesma pensão!

Quando os Vasques chegaram, havia apenas duas mesas disponíveis, escolheram a mais espaçosa. Elizabeth veio dar as boas-vindas, e João foi logo apresentando:

– Estes são meu irmão Álvaro e sua esposa Elenice. Esta é a minha irmã Olívia, veio passar uma temporada no Rio de Janeiro. Todos ansiosos por conhecer a deliciosa cozinha da Pensão Suissa. Tenho certeza, não vão se decepcionar.

– Agradecemos a presença de todos, em especial ao doutor, nosso hóspede mais entusiasmado. Hoje é um dia muito importante para nós.

João Vasques desejava que sua família conhecesse Elizabeth, sobretudo Olívia. Apesar da distância – ela morava no interior – costumavam se escrever, tinham um pacto de contar toda a verdade um ao outro.

Madame Bertha não resistiu, deixou o posto à entrada e foi ver o movimento. Notou as fisionomias descontraídas. No ar, cheiros de queijos e molhos combinados aguçavam o apetite, enquanto copos e talheres produziam sua própria sinfonia. Percebeu um grupo bastante animado: eram os Vasques. Não teve dúvida, foi até eles.

– Madame Bertha, apresento-lhe a minha família.

– Tive a honra de conhecer o Doutor Aníbal. Acompanhou o meu Sebastian, fez tudo que era possível. Lembro, ainda hoje, ele me preparando para dar a triste notícia.

– Os meus irmãos são muito gentis, é muito bom ter nascido a caçula dessa família – concluiu Olívia com os olhos brilhando.

— O restaurante, sem exagero, está agradabilíssimo. Quem teve a ideia? – quis saber Dona Elenice, que adorava um superlativo.

— Foi minha – disse Elizabeth. – Mas nada seria possível sem a mão firme de Tia Bertha.

João Vasques, bacharel mesmo nas horas vagas, observou:

— As duas – tia e sobrinha – formam uma excelente dupla. A experiência e a ousadia combinadas sempre deram bons resultados e aqui não será diferente.

A conversa corria agradável, mal notaram a chegada de dois jovens uniformizados dirigindo-se à mesa ao lado. Um deles era o tenente. Ele procurou chamar atenção, acenando de maneira espalhafatosa.

— O rapaz fardado, o que deseja? – observou Olívia, intrigada com a falta de modos.

— Indiscretíssimo! – reprovou Dona Elenice. – Não pode esperar a vez de ser atendido?

— Já me acostumei com a grosseria deste senhor; gosta de ser desagradável – disse João Vasques, fazendo um sulco na testa. – Contava me livrar da sua presença neste domingo, estaria de serviço.

— Ele às vezes exagera, mas é um bom rapaz – retrucou Madame Bertha, procurando amenizar a antipatia que, diga-se de passagem, era mútua.

— Desconheço tal faceta, deve se esconder muito bem.

Tia e sobrinha pediram licença e saíram para cumprimentá-los.

— Este é o Tenente Ayrosa, somos amigos desde os tempos da Escola Militar. Servimos juntos em várias missões, inclusive em Berlim.

– Sejam bem-vindos – disse Elizabeth. – O senhor tenente não quis convidar os familiares?

– Impossível, senhorita. Não tenho ninguém na Capital. Minha família é o Exército. Meus irmãos são os companheiros de farda.

– Sendo estrangeira, entendo o senhor – disse Madame, comovida.

– Por pouco não conseguem lugar, estamos com a casa cheia.

– Era o que eu temia. Passamos toda a manhã assistindo às manobras militares no Quartel-General, arrastam-se por horas sem nenhum resultado prático. É inacreditável, perder tanto tempo para nada.

– Apesar de tudo, os senhores vieram. Agradecemos a confiança.

– Para mim, é um prazer prestigiar uma gloriosa iniciativa liderada por tão encantadora senhorita! – disse o tenente, arrebatado. – Maravilha de salão! Tudo perfeito! Não esperava outra coisa!

O Tenente Ayrosa demonstrou surpresa diante do entusiasmo do colega, conhecido no quartel pelos comentários ácidos. Os elogios, no entanto, destinavam-se a uma plateia mais ampla. Feitos em tom de voz desnecessariamente alto, podiam ser ouvidos pelos clientes mais próximos.

– Muito louvável! – prosseguiu o tenente, colocando-se de pé, em posição de orador. – Madame e senhorita deram continuidade ao legado de *Herr* Sebastian. Com a sua espetacular iniciativa, ele lançou as sementes, diria as raízes, deste magnífico estabelecimento. Agora, vemos surgir o seu mais belo fruto.

Madame Bertha e Elizabeth se entreolharam, sem entender tamanha exaltação. Embora desejassem honrar a memória do finado Sebastian, tudo havia partido delas. Despediram-se, alegando um chamado da cozinha.

Não se sabe ao certo se por coincidência ou não, o fato é que logo depois os Vasques pediram café e se retiraram. Aos poucos, o som das palavras foi diminuindo e os odores se recolhendo, como se a cortina do palco estivesse prestes a descer. Os clientes, cada qual a sua vez, encerraram as contas. Unânimes em elogiar o almoço, decerto voltariam. Restaurante silencioso, tia e sobrinha sentaram-se para saborear uma xícara de café e agradecer a Nossa Senhora pela vitória.

7. Conceição

No porto de Lisboa, o Santa Cruz estava prestes a zarpar com destino ao Rio de Janeiro. Em meio ao vento cortante, um batalhão de homens, mulheres e crianças, abraçados aos poucos pertences, se espremia nas escadas em direção ao tombadilho. No cais, familiares agitavam lenços, vertendo lágrimas de saudades antecipadas. O balanço das ondas vibrava nos corpos maltratados, anunciando os incômodos da travessia.

A escassez dos meios de sobrevivência os empurrou para o Atlântico, repetindo o movimento que por séculos fizeram seus antepassados. Viajavam às centenas, na terceira classe, com bilhete pago pelo Governo brasileiro. Alojados nos porões úmidos, muitos adquiriam doenças, como antes deles sucedeu à carga humana dos navios negreiros.

Em águas cariocas, os passageiros foram levados à Hospedaria da Ilha das Flores, criada nos últimos anos do Império com dupla função: oferecer alimento e descanso aos recém-chegados e evitar que homens e mulheres com destino ao sul do país se arriscassem na insalubre Capital.

Nem todos seguiram viagem. Um contingente desembarcou no Rio de Janeiro, os Almeida entre eles. Manoel contava quarenta e cinco anos. Demorou a se casar, pretendia juntar dinheiro. O encontro com Arminda, quase dez anos mais nova, mudou-lhe os planos, e ele resolveu não mais esperar. No belo rosto da moça, as sobrancelhas grossas lhe conferiam autoridade, combinando com a predisposição otimista. Dela partira a ideia de viajarem ao Novo Mundo, desejava vida diferente para as filhas: Conceição, uma jovem perto dos quatorze anos, lembrava a mãe tanto na formosura quanto no temperamento decidido; e Constanza, recém-saída do colo.

    Dormiram no La Grotte, albergue situado no Largo da Prainha, destino de viajantes com poucos recursos. Refeitos, saíram à procura de trabalho e moradia. Imigrantes costumavam se instalar em cortiços, mas a promiscuidade desses coletivos seria muito ruim para as meninas. Trouxeram referência de patrício bem-sucedido: Domingos Ribeiro da Costa, rua da Lapa número 23. O velho sobrado encontrava-se de portas cerradas naquele domingo. Na fachada, uma tabuleta com os dizeres ARMAZÉM VILA REAL – SECOS E MOLHADOS e, logo abaixo, o desenho de um bacalhau pintado de amarelo navegando sobre duas ondas azuis. No térreo, ficava o comércio e, no andar superior, a residência dos proprietários.

    Seu Domingos os atendeu resmungando contrariedades por ser obrigado a interromper a sesta. Era um homem corpulento, com uma cicatriz partindo inclinada da linha dos cabelos em direção à sobrancelha esquerda. Os visitantes arranjaram-se na sala modesta ocupada por móveis escuros com panos de crochê brancos. Pouco depois, apareceu Dona Maria, a esposa. Miúda e silenciosa, escondia as mãos nos bolsos do avental. Por último, veio Martinho, o filho único. Atencioso, procurou descontrair o ambiente perguntando detalhes da viagem.

    Dona Maria ofereceu copos de groselha açucarada. Seu Domingos, sem apelar para subterfúgios, fez questão de alertá-los: o começo de vida no Brasil é bem difícil, só com o tempo melhora. Sabia do que precisavam e lhes ofereceu trabalho. Para Seu Manoel, as entregas; para Dona Arminda, as refeições; e, para Conceição, a limpeza do sobrado. Podiam se instalar na casinha dos fundos, por aluguel simbólico. Os móveis, ele forneceria a preços módicos.

Tudo certo, quando Seu Manoel lembrou de perguntar:
– Qual será o pagamento? E o valor do aluguel?
– Agora não posso lhe dizer; quero ver os resultados.
– Me perdoe, é muito importante saber quanto vamos receber e quanto vamos pagar ao senhor.
– Deixa o barco seguir – disse Seu Domingos, sem disposição para mais conversas.

Os Almeida voltaram no dia seguinte com a pequena bagagem. Na casinha, tudo era diminuto: quarto, sala, cozinha, banheiro e um tanque ao ar livre. Havia muita sujeira. Dona Arminda deixou Constanza com a irmã e deu início à faxina. Colocou para fora toda a tralha e, decidida a pôr de uma vez por todas o recinto em ordem, partiu para o combate às teias de aranha, à poeira nas paredes e janelas, ao encardido dos vidros e do chão. À tarde, foram entregues duas camas, uma de solteiro e outra de casal, mesa com quatro cadeiras e uma cômoda, tudo de segunda mão vendido por Seu Domingos.

Ao fim do primeiro dia de trabalho, Seu Manoel sentiu-se exausto, mas disfarçou. Ele não desejava estragar a alegria de Dona Arminda, orgulhosa pelas cortinas penduradas nas duas janelas frontais, em meio ao esforço de fazer do antigo depósito um verdadeiro ninho. No momento certo, foi ao escritório, uma sala em que cabiam apenas uma escrivaninha desarrumada e uma cadeira, onde Seu

Domingos mal conseguia dispor o corpanzil. Embora apertado, dali acompanhava o movimento no balcão. Um olho no padre e outro na missa, nas palavras dele.

– Bom dia, Seu Domingos. Pelas minhas contas, hoje é dia de receber o pagamento – lembrou Seu Manoel de pé, junto à porta.

– Aqui está. Descontei uma parcela do aluguel e outra dos móveis – disse o patrão, indiferente.

As cores de Seu Manoel sumiram, deixando-o igual a uma folha de papel.

– Isto aqui é quase nada! Não dá nem para a metade do mês!

– É assim, já falei. Deixa de choradeira e pega as encomendas para entregar. Anda!

Seu Manoel surgiu em casa, acabrunhado.

– Aconteceu alguma coisa? – perguntou Dona Arminda, estranhando o marido àquela hora.

– Seu Domingos me pagou. É muito pouco. Devíamos ter deixado tudo certo quando chegamos aqui.

– Dentro de algum tempo saldamos a dívida e então sobrará mais dinheiro. Ânimo, homem, não fique assim.

Seu Manoel sentiu-se um pouco melhor com o incentivo da esposa, ela sabia tudo melhor que ele. Afundou a boina na cabeça e saiu para trabalhar.

Dona Arminda assumiu a cozinha dos patrões com muita competência, deixando enciumada a patroa diante dos elogios da própria família. Ora magoada, ora furiosa, Dona Maria volta e meia sabotava alguma coisa. Um dia desandou a massa do bolo, para depois dizer: Viu? Ela não é tão boa assim!

A pior parte do trabalho de Conceição ocorria no andar térreo, com o entra e sai constante de fregueses. Martinho, nos seus dezoito anos, tornara-se um belo rapaz. Acompanhava, debruçado sobre o balcão, a faina da limpeza e o desabrochar daquela mocinha em mulher. Às vezes acenava para ela vir mais perto, dizia algo engraçado, para vê-la eriçar os pelos da nuca com a proximidade do seu rosto. Ambos riam alegres, como só a juventude sabe fazer.

Madame Bertha, como tantos clientes, costumava fazer compras por atacado. No Vila Real, enquanto esperava a sua vez, observava o empenho de Conceição em manter o assoalho brilhante. E não deixava de elogiar; os patrões, ao contrário, eram secos que nem o bacalhau da tabuleta.

Meses e meses se passaram e a família Almeida continuava devedora. Seu Manoel, abatido pelo trabalho pesado, não via maneira de escapar do acordo leonino. Culpava-se, ele contou a Dona Maria, por ter vindo de tão longe e cair em uma cilada. Ao se completarem dois anos de permanência, as altas temperaturas do verão propagaram os miasmas que faziam da Capital a cidade-túmulo dos estrangeiros. O terrível vírus da febre amarela se abateu sobre a cidade, atingindo os corpos depauperados, o de Seu Manoel entre eles. A doença o levou em poucas semanas. Inconsolável, Dona Arminda, sempre tão forte, foi tomada pelo desânimo e não demorou a hora de acompanhar o marido, onde nada mais conseguiria separá-los.

O sonho de uma vida melhor havia se transformado em pesadelo. Seu Domingos custeou os sepultamentos, descontaria aos poucos do salário de Conceição. Deu-lhe dois dias para viver o luto. Ela percebeu, em meio à dor, não ter o direito de sucumbir. Constanza, com três anos completos, precisava da sua coragem. Reuniu objetos e roupas dentro de uma valise e se dirigiu ao balcão do armazém, levando a irmã. Chamou por Seu Domingos, que, mal-humorado, apareceu a contragosto.

– Vamos embora – disse a moça com firmeza. – Nada mais nos prende aqui.

– A senhorita não pode nos deixar, tem dívidas comigo.

– Posso, sim. O senhor tirou tudo da minha família, desde que pusemos os pés neste maldito armazém. Estamos quites.

– Martinho, não a deixe ir, ela me deve muito dinheiro!

O rapaz descumpriu pela primeira vez a ordem paterna. Imóvel, assistiu às duas irmãs ganharem o passeio e sumirem do seu campo visual. Talvez se perguntasse para onde iriam uma jovem e uma criança sem eira nem beira.

Conceição deu passos incertos, consumira toda a sua energia. Seguiu pela rua da Lapa e alcançou a rua da Glória. Um pouco à frente, Madame Bertha caminhava apressada. Num impulso, correu em sua direção, puxando Constanza.

– Madame Bertha, a senhora tem um minuto? – disse Conceição arfando.

– O que faz por aqui a esta hora?

– Acabo de me demitir.

– Venham comigo, vamos conversar.

Entraram na pensão e madame levou-as à cozinha. Sentaram-se à mesa coberta por toalha branca com pequenos ramalhetes bordados nos cantos. Davina trouxe café e um bolo de laranja bem cheiroso, com açúcar de confeiteiro e raspas de limão. As irmãs sorriram, era o predileto da mãe. Constanza fez o gesto tantas vezes repetido em casa: recolheu com os dedinhos as lascas maiores e as colocou na boca, uma a uma.

– Onde estão Seu Manoel e Dona Arminda?
– Aconteceu uma tragédia. Perdemos nossos pais em pouco menos de um mês – Conceição revelou chorosa.
– Minha Nossa Senhora! Pobres meninas!
– Meu pai morreu de tanto empurrar o burro sem rabo abarrotado de caixas, e minha mãe de desgosto.
– Seu Domingos é um homem casca-grossa.
– Naquela família, só Martinho se salva.
– Não sei, filho de peixe...
– Eu lhe garanto.
– Se estou entendendo, a senhorita não quer mais voltar.
– Impossível.
– Então...
– Preciso ganhar a vida. Por favor, me dê uma chance.
Madame Bertha se calou, deixando a moça apreensiva. Dali a instantes, os olhos azuis brilharam.
– De fato, procuro uma ajudante. Vou logo avisando – e fez uma expressão séria –, temos muito trabalho por aqui.
– A senhora me conhece, não fujo das minhas obrigações. Só lhe peço uma coisa: Constanza pode ficar comigo?
– Colocaremos mais uma cama no seu quarto.
– Agradeço de...
– E mesinha e cadeira para a menina estudar – acrescentou Madame Bertha, com ternura.
Elizabeth aprovou a decisão, sentia falta da alegria das crianças. E, no momento certo, iria ensinar a Constanza os números e o alfabeto. Mal posso esperar! ela disse.
Conceição renasceu na Pensão Suissa. Inteligente, aos poucos foi recebendo novas tarefas, como as compras da padaria e do açougue, que demandavam um certo faro na escolha dos produtos. Adorava sair à rua, ver o movimento

dos bondes e das pessoas indo e vindo. Tinha uma atração pelas modas, gostava de olhar as vitrines, imaginando-se dentro daquelas roupas. Em um dia qualquer, diante de uma loja de chapéus, sentiu um leve toque no ombro: Martinho.

– Se veio cobrar a dívida, me esquece – reagiu Conceição, pronta para a briga.

– Isso é coisa do passado.

– Melhor assim.

– Como vai? E Constanza? Onde estão vivendo?

– Trabalho na Pensão Suissa. Madame Bertha é muito diferente dos seus pais.

– Não consigo entender por que se apegam tanto ao dinheiro.

– Tenho de ir.

Martinho procurou revê-la outras vezes. Aguardava próximo ao quiosque, fingindo curiosidade com as notícias. Aos poucos, venceu a ojeriza causada pelo sobrenome Ribeiro da Costa. O bom humor conseguia derreter as mais sólidas barreiras. Em casa, Conceição omitiu o encontro, temendo ser proibida de conversar com o rapaz.

O mês de agosto chegou e com ele a Festa de Nossa Senhora da Glória. Na semana anterior ao dia quinze, armavam-se barracas vendendo de tudo: lembranças da Padroeira, incensos e velas, comidas e refrescos, e os monóculos com a foto da igreja enfeitada de bandeirinhas, que faziam muito sucesso. O povo vinha em peso rezar e se divertir. Martinho sugeriu a Conceição arranjar um pretexto para irem até lá. A princípio, ela descartou a ideia, mas, diante da decepção do rapaz, pela primeira vez decidiu mentir. Contou que Dona Manuela lhe pedira um grande favor: provar o vestido de uma cliente rica, acamada com uma forte gripe. Por coincidência, as duas tinham as mesmas medidas. Dentro de uma semana, haveria um grande baile; a roupa se destinava a essa importante ocasião. A história, apesar de inverossímil, sensibilizou Madame Bertha, e Conceição pôde sair sem restrições.

A tarde seguia abafada. Martinho apareceu mais bonito do que nunca, trajando terno de linho azul. Conceição, por sua vez, chegou radiante em um vestido branco de tecido leve, com nervuras no corpo e pregas na saia. Os cabelos, trançados e presos em dois círculos laterais, emolduravam a felicidade em seu rosto. Nas orelhas, duas argolas cintilantes, herança da mãe. O rapaz não resistiu a tocá-las, confirmando se tratar do autêntico ouro português.

Correram a feira; na barraca de doces, Martinho comprou para Conci – assim passou a chamá-la – uma reluzente *pomme d'amour*, e juntos se lambuzaram de caramelo vermelho. Ele disse estar apaixonado, ela também, e um doce encantamento os envolveu naquele hiato de liberdade. Num local menos movimentado, puxou-a para perto e lhe deu um beijo, o primeiro e o mais envolvente beijo de toda a vida de Conceição. Martinho jurou amá-la eternamente; após o casamento naquela mesma igreja se tornariam os novos pais de Constanza. E pediu uma prova de amor.

No céu, andorinhas voavam em círculos. Uma ventania trouxe do mar nuvens cinzentas. Pingos grossos despencaram. O rapaz retirou o paletó e o pôs sobre os ombros da moça. Desceram juntos por uma antiga rua e chegaram à base do Outeiro. Ele se deteve diante de uma casa modesta, dos tempos coloniais, e apanhou do bolso uma pesada chave. Abriu devagar a porta, que rangeu melancólica.

Um forte odor de coisas mofadas os alcançou, fazia muito tempo que a única janela não era aberta. Conceição se encolheu, a roupa molhada lhe dava calafrios. Martinho a tomou em seus braços e logo todo incômodo se desfez, os corpos unidos transpiravam em meio às carícias e nelas se perderam provando um o gosto do suor do outro. Nessa tarde, Conceição teve certeza: havia paraíso na Terra.

A noite chegou. Ao se darem conta, vestiram-se apressados e saíram em direção à rua da Glória. Conceição quis saber:

– Martinho, quando será o nosso casamento? Precisamos falar com seus pais e com Madame Bertha, uma segunda mãe para mim.

O rapaz transformou-se, parecia Seu Domingos nos piores momentos.

– Acha, de verdade, que eu vou me casar com uma pé-rapada?

Conceição desmoronou. Humilhada, correu para casa. Transpôs a linha do bonde sem olhar, desatenta ao risco; o condutor, muito hábil, conseguiu deter o veículo, mas não conseguiu impedir os passageiros de serem lançados para fora de seus lugares, em meio a impropérios.

Na pensão, Madame Bertha e Elizabeth estavam bastante preocupadas com a demora da moça. Levaram um susto ao vê-la entrar cabisbaixa, cabelos revoltos, roupa amarfanhada. Em meio a soluços, contou o romance com Martinho. Evitaram repreendê-la, o sentimento de culpa a dilacerava.

– Vou chamar o Doutor João Vasques – disse Elizabeth.
– Precisamos de um advogado.

– Não sei se ele está em casa – ponderou Madame Bertha.

– Voltou da rua há tempos, cruzei com ele no corredor – disse a sobrinha.

Ainda envergonhada, a moça revelou toda a trama de sedução, desde o encontro diante da vitrine. Exausta, passou as mãos pelo rosto e uma descoberta a fez tremer: as argolas de Dona Arminda não mais pendiam de suas orelhas.

João Vasques caminhou até o 7º Distrito Policial, não muito longe dali. No recinto surpreendentemente vazio, um guarda dormia sentado em uma cadeira de braços. O Delegado Assunção, plantonista da noite, preparava uma fezinha para o jogo do bicho.

– Boa noite, senhor delegado. Doutor João Vasques. Desejo registrar queixa.

– Do que se trata? – disse o policial sem erguer os olhos.

– Minha empregada, menor de idade, foi seduzida e abandonada. E ainda: um par de argolas de ouro desapareceu.

O delegado afastou o papel onde anotava quanto iria jogar na dezena e na centena. Fitou João Vasques com ar sabichão.

– Conheço essas moças, atraem rapazes de família para cavar matrimônio.

– Não lhe dou o direito de se referir de maneira depreciativa a uma pessoa desconhecida.

– São todas iguais, na verdade elas seduzem os rapazes.

– Vamos ao registro, não perco tempo com besteiras.

– O senhor não pode falar em nome da moça.

– Ela não tem condições emocionais para vir aqui.

– Sinto muito, caso encerrado.

– Já que se recusa a cumprir o seu dever, vou falar com o Doutor Aureliano Helal.

João Vasques conhecia o poderoso chefe de polícia, figura importante para o equilíbrio do Governo. E, no Brasil daquela época, nada se resolvia sem um bom relacionamento.

O Quartel-General da Brigada Policial, na rua Evaristo da Veiga, ao contrário do local anterior, encontrava-se bem movimentado. Os condutores de bondes prometiam cruzar os braços e parar o trânsito na manhã seguinte. Guardas se deslocavam para diversos pontos da cidade. Apesar do corre-corre, João Vasques foi logo recebido, o secretário do Ministro Gomes de Toledo não merecia esperar.

– Em que posso ajudá-lo?

– Minha empregada portuguesa foi seduzida e abandonada por um compatriota. É órfã e tem dezesseis anos. Também desapareceu um par de argolas de ouro. Na 7ª DP, o Delegado Assunção recusou-se a fazer o registro.

– Qual foi o motivo?

– Segundo ele, só pode lavrar ocorrência na presença da vítima.

– Tem razão.

– A moça está muito abalada.

– Nada a fazer, meu caro.

– As argolas de ouro não serão investigadas?

– A acusação é muito vaga.

– Então o sedutor será liberado?

– Eu não colocaria nesses termos.

– Mais casos ocorrerão, pelo estímulo à impunidade.

– Se a moça não foi ao distrito é porque tem culpa no cartório.

– Doutor Helal, eu não sei quem é pior, o canalha ou a polícia – concluiu João Vasques, pegando o chapéu, antes de sair e bater a porta.

8. Réquiem

Foi só o tempo de engolir uma xícara de café. Enquanto Armando abria a pesada porta, João Vasques notou um guarda-chuva encostado ao batente; não deu importância e saiu à rua. O bonde veio logo depois. Sentou-se na extremidade do banco junto à grade, de onde apreciava o vaivém apressado dos trabalhadores, a maioria chegando dos subúrbios. Parecia a tela de um grande cinematógrafo. Satisfeito, sentiu o vento a soprar-lhe o rosto; no passeio, folhas rodopiavam em um improvisado balé.

Quinta-feira, dia de "beija-mão". No idioma alternativo dos funcionários, assim eram chamadas as audiências no gabinete do ministro. Políticos, empresários, diplomatas e outras personalidades mais ou menos importantes faziam fila para sugerir, pedir ou exigir alguma coisa, dependendo do prestígio de cada um. Gomes de Toledo suspirou aliviado ao vê-lo chegar:

– Dentro de uma hora teremos uma importante cerimônia, e o senhor mais uma vez deve me representar. Aguardo os expoentes das nossas forças produtivas vindos pelo noturno de São Paulo.

– E o Coronel Lousada? – perguntou o secretário, apreensivo. – Não desejo mais confusão.

– Por hoje, está bastante ocupado.

– O que vai acontecer de tão especial?

– A colônia lusitana prestará homenagem aos patrícios mortos na guerra. Com muito pano preto e velas – o

ministro acrescentou, fazendo uso de seu humor particular.
– São deveras dramáticos.
– Segundo os jornais, vêm colecionando reveses.
– No sentimento dos compatriotas, serão sempre heróis.
– Imagino uma cerimônia com muita pompa.
– Sem dúvida. A Comissão Portuguesa Pró-Pátria fez uma grande subscrição e não economizou recursos. Convidaram meio mundo, a começar pelo presidente da República. Por favor, se adiante, o motorista o aguarda.

Os arredores da Candelária pareciam um enorme formigueiro, centenas de convidados em trajes de luto chegavam ao mesmo tempo. João Vasques desceu do carro na rua da Alfândega e seguiu a pé pela rua da Quitanda, em meio ao odor forte da Tenda do Marisco e de outros estabelecimentos do gênero. A uma certa distância, apesar do casario em volta lhe roubar um pouco da majestade, o grande templo e seus adornos fúnebres faziam um belo contraste (*ton sur ton*) com o céu acinzentado.

Defronte à igreja, postara-se em linha tropa do Exército, a garantir uma ordem que ninguém teria motivo para burlar. João Vasques percebeu um rosto no agrupamento. Apertou o passo, entrando pela porta da sacristia. O comitê de recepção o conduziu ao local reservado às maiores autoridades. Nesse trajeto, pôde confirmar as observações do chefe. De todos os altares e das tribunas, pendiam panos pretos. As pinturas e os entalhes nas paredes haviam desaparecido, o altar-mor escondera-se atrás de um grande pano igualmente preto com uma cruz prateada.

As tribunas laterais, duas de cada lado, acolheram as personalidades. Situadas em um plano mais alto, ofereciam visão privilegiada do interior da nave. Dali se vislumbrava, em toda a sua imponência, o catafalco coberto de crepe negro com a bandeira portuguesa superposta, simbolizando os ataúdes de todos os soldados mortos. Ao redor, ardiam dezenas de círios.

O emissário do presidente da República sentou-se no lugar de honra junto ao corpo diplomático, onde sobressaíam, pelo número, as autoridades do Governo lusitano. Das nações aliadas, compareceram todos os representantes acreditados na Capital, e a eles se juntaram os dirigentes das principais associações luso-brasileiras. Ao ter início a cerimônia, a igreja, com capacidade para mais de três mil pessoas, encontrava-se lotada.

Os primeiros acordes anunciaram uma das mais belas músicas fúnebres de todos os tempos: o *Réquiem* de Mozart. O coro formado por dezenas de vozes cantou o *Kyrie* com grande sentimento. Ao final, o soar de um trovão percorreu o recinto, como se o próprio Júpiter desejasse participar da cerimônia. A missa, celebrada por religiosos das duas nações, encerrou-se com o discurso de famoso orador sacro, exaltando a coragem dos caídos no campo de batalha, ou campo de honra, nas palavras dele. Monsieur Clermont, *doublé* de diplomata e poeta, considerou o sermão por demais longo, para em seguida contrapor, filosófico: O que é isso, diante da eternidade?

Terminada a liturgia, os convidados especiais tiveram preferência na saída. Mal alcançaram a rua, a chuva caiu forte. Apesar dos uniformes molhados, a tropa do Exército manteve a posição de sentido, prestando-lhes continência, conforme a pragmática. João Vasques se deparou com o Tenente Albuquerque, seus olhares se cruzaram. O militar mordeu o lábio, mas, vencido pelo dever, fez o cumprimento de praxe.

À noite, na pensão, após todos se acomodarem para o jantar, o bacharel comentou o acontecimento da manhã:

– Então, Tenente Albuquerque, o senhor foi escalado para formar guarda às exéquias dos soldados portugueses?

– De fato.

– Notei o senhor muito compenetrado na reverência às autoridades. De minha parte, agradeço a saudação.

– Bastavam os guardas da polícia. O Exército tem outra finalidade, muito mais nobre, mas os políticos querem usá-lo para qualquer coisa.

– Ora, meu caro tenente, nada melhor que a disciplina e a exuberância dos uniformes de gala para abrilhantar uma cerimônia em homenagem a tantos heróis.

– Heróis, nada! Um bando de soldados sem preparo desafiou o melhor exército do mundo. Só podia dar nisso: derrota atrás de derrota.

– Senhor tenente – disse o Senhor Carvalhosa –, por favor explique-nos essa história: Portugal, um país tão pequeno, acabou entrando em guerra com a invencível Alemanha.

– Tudo obra do imperialismo inglês.

– Para o senhor, o imperialismo explica tudo! – rebateu o Senhor Carvalhosa, com ar de enfado, diante dessa repetição argumentativa.

– Portugal foi obrigado pela Inglaterra a confiscar os navios alemães ancorados em seus portos. Cutucou a onça com vara curta e recebeu de volta uma declaração de guerra. Além de lutar na frente europeia, teve que correr para garantir os domínios africanos. Bem feito!

– Vejam só! Em Portugal, derrubaram a monarquia, pensando ser fácil governar, e meteram os pés pelas mãos.

Aqui foi igual: estamos ainda hoje penando com essa República café com leite – disse o Senhor Loredano, eterno saudosista do Império.

– O que mais me toca nisso tudo – disse Elizabeth – é o grande número de órfãos da guerra. Sabe-se lá o futuro dessas crianças.

– A senhorita está certa, muito certa! – disse João Vasques com a ênfase necessária à ocasião. – Em todos os conflitos, os pequenos são os mais afetados. Associações portuguesas coletam dinheiro para enviar às famílias. Pelo que sei, já reuniram uma bela quantia.

– Espero que o auxílio chegue de fato aos necessitados – disse Elizabeth.

– Com certeza não chegará, isso tudo é pura encenação – disse o tenente.

– Agora o senhor foi longe demais – contrapôs o Senhor Loredano. – Está a duvidar dos respeitáveis comendadores sem nenhuma prova, somente por convicção.

– Que tal ajudar? – propôs Madame Bertha. – Alguém pode ir à Cruz Vermelha?

– Eu vou, minha tia.

– Acompanho a senhorita – disse o tenente, animado. – Os bondes andam cheios de pelintras.

– Mas não acabou de falar que é tudo encenação? – lembrou o Senhor Loredano.

– Posso mudar de ideia.

– Não se preocupe. Conceição irá comigo, sabemos nos defender muito bem.

A plateia masculina se divertiu com a decepção do tenente. Madame Bertha, esquecendo a neutralidade, acompanhou os demais.

9. Navios

Magnifique! Deve ter exclamado René Duguay-Trouin, o temido corsário, ao cruzar a estreita passagem ligando o oceano à baía da Guanabara. É bem verdade, aproveitou-se das brumas de um nevoeiro, mas um olhar atento – e assim ele estava – perceberia o capricho divino no desenho das montanhas. Falo com meus botões, não ouso mencionar tais pensamentos. Ele tornou-se odiado: iludiu as autoridades, saqueou a cidade e ainda exigiu uma espécie de resgate para ir embora. Por nada neste mundo, eu, Pierre Clermont, desejaria ter o meu nome associado a tal personagem, embora a missão que me confiaram não seja das mais simpáticas, envolve muito dinheiro.

Relutei em vir. Atravessar o Atlântico coalhado de submarinos alemães assustava qualquer um. Por pouco, não embarcamos. O vapor encarregado de nos buscar na capital portuguesa foi atacado, sem atingir o alvo. Ainda bem. Não saberia dizer por que aceitei. O posto de ministro plenipotenciário tem o seu charme, não posso negar, sobretudo quanto aos poderes plenos. Em termos práticos, representou duplo salto na minha carreira, até então um simples cônsul. Talvez a glória de obter algo quase impossível – caso fosse bem-sucedido – me empolgasse mais. Ou por me afastar dos assuntos de família: deixar a única irmã em um asilo para loucos me perturbava.

Trouxe comigo um secretário improvável: o jovem compositor David Moulin. Ele desejava um emprego; e eu, alguém aventureiro o bastante para navegar em plena guerra submarina. No Quai d'Orsay, perguntaram-me qual a serventia de um músico sem experiência diplomática. Insisti, meu faro nunca me decepcionou. Desde o início nos entendemos muito bem, havia entre nós afinidades de natureza estética. Em contraste com a essência conservadora do meu ofício, eu apreciava novidades. Nas artes, é claro. No Brasil, apesar das sombras da guerra, pude dar asas a esse pendor.

Monsieur Moulin representa meu espelho invertido. Gosto da introspecção, o exílio a que todos os diplomatas são condenados me faz bem, enquanto ele se mostra sociável, mundano. É alto, forte, cabelos encaracolados. Ao contrário, sou baixo, corpo nem gordo nem magro, e no meu rosto sobressai a testa larga, um traço de família. Minha irmã e eu somos inteligentes devido a essa característica – dizia *Mamie* Hélène – e, se Caroline cortasse os cabelos à moda masculina, pareceríamos gêmeos, ela acrescentava.

Desembarcamos no início de fevereiro, em pleno verão. O céu azul-cobalto, que só os trópicos conseguem produzir, fazia um belo contraste com o verde brilhante das águas, onde deslizavam silhuetas de golfinhos. No cais, junto à ponte de descida, postou-se o Batalhão Naval, e pude ver o sol do Brasil faiscar em cada botão dos uniformes. A banda militar executou *La Marseillaise*. Um arrepio percorreu o meu corpo, senti um misto de saudade e temor. Nenhuma autoridade nos aguardava. Estranhei, não costuma aparecer por aqui alguém como eu, menos ainda de um país importante como a França. O chanceler brasileiro, chamado de germanófilo pela imprensa, enviou representante. A Legação Francesa, minúscula por sinal, compareceu em peso: um cônsul e um primeiro-secretário. Também havia membros da colônia e simpatizantes, estes, sim, numerosos na cidade. A saudação não foi feita pelo funcionário da Chancelaria, como era de se esperar, mas pelo diretor da Liga Brasil-Entente, cuja existência eu desconhecia. Em perfeito francês, nos advertiu para não nos deixarmos levar por certos elementos pseudobrasileiros de origem germânica. Referia-se a alguém do Governo?

Após esse momento de puro *nonsense*, fomos levados ao Hotel dos Imigrantes, nosso lar até a sede diplomática passar por uma pequena reforma. Torci para a mudança não demorar, o endereço da Legação era *super*: uma rua repleta de belas casas, margeada por incríveis palmeiras da ilha de Réunion – perguntei-me de que modo vieram parar no Rio de Janeiro – com mais de sessenta metros de altura. Da varanda, podia-se ver o morro Corcovado – possui uma corcova, igual a Quasímodo – com sua cobertura de tufos verdes.

Recebi instruções para agir rápido. Jules Gauthier, diretor do Ofício Nacional de Valores Imobiliários da França, chegara antes de mim e me daria apoio. Decidi não esperar a burocracia brasileira me conceder o *agrément*. Tão logo me pus a par do tabuleiro político, solicitei audiência ao ministro da Fazenda. Ele me recebeu acompanhado do secretário.

– Aqui no Brasil o senhor é bem famoso – ele disse para me agradar. – Houve uma corrida às livrarias em busca das suas obras.

– Deve haver um pouco de exagero – respondi, querendo aparentar humildade.

Antes que eu fizesse uso dos truques diplomáticos, ele tomou a dianteira:

— Monsieur Clermont, qual o motivo para a Chancelaria francesa nos enviar emissário tão especial, em tempos de guerra submarina?

— Não vou enganá-lo, a situação do meu país é grave.

— Estamos acompanhando o desenrolar da guerra, porém dependemos das agências de notícias para nos informar — disse o ministro.

— Posso lhe garantir: a realidade é bem pior do que se divulga.

— Ambos os lados censuram as notícias — disse o secretário.

— A guerra moderna tem um pouco de teatro.

Os brasileiros se entreolharam, talvez surpresos com a minha franqueza.

— Vou direto ao assunto. Fui encarregado de recuperar os bilhões de francos-ouro cedidos pelos banqueiros franceses às empresas de Mister Farquhar. Para nós, é uma questão de vida ou morte.

— Esse homem é um megalômano! Quase tudo que criou no Brasil foi malsucedido — disse o ministro, *désolé*.

— Os empréstimos foram autorizados devido à garantia do Governo brasileiro — rebati, enfatizando a palavra *garantia*.

— Desde o início do conflito, as rendas alfandegárias vêm caindo, e o Estado brasileiro depende delas para tudo — acrescentou o secretário. — Fomos vítimas de restrições ao nosso comércio da parte dos ingleses e da parte dos alemães. O pior dos mundos.

— Compromissos são compromissos — acrescentei, sem me deixar comover. — O meu país tem o Brasil em alta conta, mas precisamos desses recursos, eles podem abreviar a guerra. Será bom para todos, exceto os inimigos, é claro – expliquei, tentando tornar mais leve a conversa, depois de quase ameaçá-los.

– Vou me empenhar ao máximo junto ao presidente.

– Confio no bom senso do Governo. O meu país tem pressa. O senhor me perguntou por que vim ao Brasil. Eis a resposta.

Alguns dias depois, apresentei credenciais. O presidente da República desceu de Petrópolis, a mesma cidade onde o imperador costumava se refugiar no calor do verão. O Landau do Itamaraty, guarnecido por um piquete de cavalaria, nos transportou, a mim e ao primeiro-secretário da Legação, à sede do Governo. Fui apresentado ao presidente; ele fez um discurso insosso de boas-vindas. Agradeci. Não sei se a minha visita à Fazenda repercutiu negativamente, o fato é que toda a cerimônia transcorreu entre as três horas e as três horas e quinze minutos da tarde de uma quinta-feira.

Mudamos para a Legação, na rua Paissandu, em pleno Carnaval. Os cariocas vestiram fantasia e saíram às ruas para se divertir, jogar confete e serpentina uns nos outros. Por todo lado, ouvia-se uma só música. Logo surgiu uma paródia – nesses dias tolerava-se a crítica às autoridades –, e o povo cantou entusiasmado: O chefe da polícia / Pelo telefone / Manda me avisar / Que na Carioca / Tem uma roleta / Para se jogar. Monsieur Moulin adorou o movimento, misturando-se aos populares; preferi o descanso.

De casa nova, ofereci uma recepção para me apresentar à sociedade da Capital e tirar proveito da boa fama da cultura francesa. Muitos da elite conheciam ou ouviram falar da minha obra poética e me olhavam com admiração. Da nossa parte, vieram as famílias mais ilustres da colônia, a sonoridade do idioma francês devia se espalhar junto com o perfume de *mesdames* e *mesdemoiselles*. Convidei autoridades brasileiras, a começar pelo Senador Rui Barbosa, nosso amigo número um. A imprensa registrou em textos e fotografias o sucesso da festa.

Na Semana Santa, visitei o Mosteiro de São Bento. A beleza do templo com seus altares esculpidos em dourado e o canto gregoriano entoado pelos monges me arrebataram, fui parar em algum vestíbulo do céu. De volta ao mundo real, soube que dali saíra a resistência a Duguay-Trouin. Fiz questão de condenar o compatriota. Os piratas pertencem ao passado, arrematei, desejando encerrar o assunto desagradável. O que não lhes disse: durante a missa, pedi muito a Deus para iluminar os meus caminhos.

O fervor das minhas preces deve ter comovido a Corte Celeste. Apenas um fato novo moveria o compasso da História, e ele aconteceu: o ataque alemão ao Pirapora, um dos maiores navios da Marinha Mercante brasileira, abarrotado de café. A opinião pública se revoltou, cobrando de forma bastante passional o rompimento com a Alemanha e o confisco dos seus quarenta e dois navios ancorados nos portos brasileiros, a título de indenização. Houve uma certa histeria, firmas germânicas foram destruídas. Sob forte constrangimento, o presidente substituiu o chanceler por um político mais favorável à Entente.

Os norte-americanos já haviam declarado guerra à Alemanha e começaram a se movimentar, enviando uma esquadra ao Rio de Janeiro. Na mesma época, chegou o cruzador Marseillaise, devíamos nos fazer notar, embora ele fizesse muita falta no teatro da guerra. O recado aos brasileiros foi bem claro: abandonem a neutralidade, nós os garantimos. Ianques e franceses cobiçamos os navios alemães. Apesar de aliados, possuíamos interesses próprios. Fiquei obcecado com a ideia de obter tais embarcações. Com elas, poderia levar víveres para a França, à beira da fome.

Decidi conversar com quem mandava de fato no país: os cafeicultores paulistas. Fizemos, David Moulin e eu, uma longa viagem de trem, inicialmente para a capital do estado e, depois, pelo interior. Até chegar à sede da fazenda Santa Mônica, percorremos muitos quilômetros de terras esgotadas pela monocultura. Aguardava-me um dos mais importantes "barões" do café, assim chamavam os grandes plantadores, possuíssem ou não títulos de nobreza. O Conselheiro Rocha Antunes era um vetusto senhor de cavanhaque e bigodes brancos, com um par de óculos redondos mal equilibrados na ponta do nariz. Possuía maneiras aristocráticas para os padrões brasileiros, um pouco rudes se comparados aos europeus.

– A que devo a visita de tão ilustre cavalheiro? – cumprimentou-me, fazendo uso de uma frase banal.

– Vim lhe apresentar uma proposta. Na verdade, ela se estende aos demais produtores, da maneira como o senhor achar melhor.

– O que tem a nos oferecer de interessante? – ele disse, franzindo a testa.

– O Governo francês pretende adquirir dois milhões de sacas de café – prossegui, ignorando a palavra *interessante*. – Sei que existem milhares armazenadas no porto de Santos. Imagino os prejuízos, as dívidas.

– Monsieur Clermont – disse ele, oferecendo-me um charuto, que aceitei por conveniência. – Nós, os plantadores, temos interesse em vender os nossos produtos, porém precisamos saber as condições.

– Cotação de mercado.

– A Bolsa de Londres vem jogando os preços para baixo, talvez sejamos obrigados a queimar os estoques.

– *Mais non!*

– Somos homens essencialmente práticos.

– Posso aumentar o preço unitário.

– Agora, sim, começamos a nos entender.

– Peço-lhe apenas um pequeno favor.

– Qual seria? Se estiver ao meu alcance...

– Que o senhor e os seus aliados nos ajudem a arrendar os navios alemães. Com eles, podemos inundar a Europa de café brasileiro.

Percebi uma certa hesitação. Para dizer a verdade, não foi uma surpresa. Alguns "barões" haviam se endividado até a alma nas casas comissárias alemãs e mantinham ligações estreitas com capitalistas germânicos. O meu anfitrião era um deles, figura próxima à família Krupp. Embora não tenha fechado negócio, pude avançar algumas casas no tabuleiro. Com certeza, levariam em conta a minha oferta.

Apesar de tudo, o destino veio a meu favor. Mais alguns navios foram a pique, e a imprensa começou por sugerir e em seguida exigir do Governo a declaração de guerra. No Congresso, políticos exaltados afirmavam: o povo está pronto para lutar contra o bárbaro alemão. Nessa hora, esqueciam a precariedade do Exército brasileiro. Pude observá-la visitando um tiro de guerra: completa balbúrdia. Serão destroçados, pensei.

Em minha vida diplomática, aprendi que as mais graves decisões costumam ser tomadas em momentos de pouca racionalidade e muita emoção. Para mim, não foi difícil aderir à onda patriótica, promover a ideia de revidar o ultraje à nacionalidade, estimular os jovens à luta. Deus está do lado dos bons e dos justos. Bastava tocar as cordas do sentimento de inferioridade sempre latente nos povos colonizados. E, ainda, espalhar o medo de uma invasão prussiana no sul do país, apoiada por imigrantes do mesmo sangue, que nem falam o português.

Nesse vale-tudo, chegou a hora de lançar mão da mais sedutora de todas as armas: a diplomacia cultural. Para isso, dispunha ao meu lado da pessoa certa.

— Caro secretário, o senhor deverá atuar, a partir de agora, como um vibrante moinho a difundir a nossa cultura nesta cidade. Peço todo empenho em organizar um esplêndido concerto, no menor tempo possível. Gastaremos o necessário.

— Que tal reunir a tradição e a modernidade da música francesa em uma única apresentação?

— Excelente ideia. De quanto tempo precisa?

— Dentro de um mês teremos o espetáculo.

— Ótimo. E nem pense no Lyrico, faço questão do Theatro Municipal, pelo simbolismo: uma cópia em menor escala da Opéra de Paris. Convidaremos o presidente da República e autoridades do Governo. E mais: políticos, artistas e personalidades do *grand monde*. Será uma noite memorável.

10. Música

No gabinete da Fazenda, corre-corre substituído por sossego. O secretário, às voltas com um discurso do chefe, mantinha-se distante, e o ministro aproveitava para repassar a correspondência. Em meio ao maço de envelopes, um deles trazia o símbolo da República Francesa. Nesse momento, a copeira entrou, silenciosa, com a bandeja de café.

– Olhe o que encontrei! – disse o ministro.
– Hum...
– Mensagem de Monsieur Clermont.
– O intrometido que não arreda o pé daqui?
– O próprio.
– Às vezes me pergunto como o senhor consegue aturá-lo.
– Confesso, fico irritado se vem falar de navios.
– Seu lema: vencer pelo cansaço.
– Finge ignorar que a Alemanha é o nosso maior parceiro comercial, fez grandes investimentos, tudo isso conta e conta muito.
– Procurou os cafeicultores, contou-me um deputado da oposição.
– Quer trocar a dívida de Mister Farquhar pelas embarcações. Ele sabe, não temos numerário para saudá-la.
– E precisa da bancada paulista no Congresso.

O ministro nem perdeu tempo em falar; fez um "sim" balançando a cabeça.

— Também visitou os Lage na ilha do Viana. Prometeu encomendas ao estaleiro, mas a França encontra-se falida – continuou o secretário. – O verdadeiro motivo: a Costeira pode receber navios alemães.

— Devo dar a mão à palmatória, é muito esperto.

Gomes de Toledo provou um gole de café, àquela altura mais para frio. Abriu o envelope "francês", retirou o cartão. Abaixo, à direita, a frase gentil: *Je vous attende, P. Clermont.*

— Do que se trata? – perguntou o secretário sem interromper as anotações.

— Convite para *La Nuit de la Musique*. Um concerto *très chic* – disse ele rindo. – Theatro Municipal, dia 1º de outubro. Direção de Monsieur Moulin. Ao final, Monsieur Clermont receberá convidados no Salão Assyrio.

— Um espetáculo com objetivos políticos, se o conheço.

— Com certeza. Terei dois lugares de sobra. Quer ir conosco? Chame alguém que aprecie a boa música. Precisamos de um momento de descontração.

— Convidarei a Senhorita Elizabeth Fürst, moça encantadora, sensível...

— Uma ótima escolha, sem dúvida.

João Vasques chegou à pensão radiante. Encontrou Elizabeth no balcão, substituindo Madame Bertha.

— Senhorita, tenho algo a lhe propor.

— A mim? Estou curiosa!

— Haverá um grande espetáculo de música francesa no Theatro Municipal. O Doutor Gomes de Toledo ofereceu-me dois lugares em seu camarote. Gostaria de me acompanhar?

— Vou ver com Tia Bertha.

– Será uma noite de gala.

– Nem acredito... – ela suspirou.

À noite, durante o jantar, João Vasques e Elizabeth trocaram olhares furtivos. O Tenente Albuquerque percebeu, com desagrado, o clima entre eles. Madame Bertha, por motivo diferente, também não aprovou:

– Veja, Elizabeth, o Doutor Vasques é um homem mais velho, modesto funcionário do Tesouro. Hoje é secretário, amanhã pode não ser. Frequenta a casa do ministro, tem seus compromissos. Você me entende?

– É um bom homem, defendeu Conceição. E de boa família.

– Sendo uma pessoa mais vivida...

– Minha querida tia, não coloquemos o carro adiante dos bois. Por hora, desejo desfrutar essa noite, promete ser maravilhosa.

João Vasques e Elizabeth tomaram providências. Ele conseguiu um fraque emprestado e o levou ao tintureiro. Ela visitou o ateliê da rua Benjamin Constant. Dona Manuela sugeriu um vestido de seda em tom perolado – para realçar os olhos azuis – com bordados em torno do decote e nas mangas. Elizabeth fez uma única exigência: nada de espartilho. Para completar, uma fita larga nos cabelos presos.

Nesse ínterim, a imprensa, municiada de informações por Monsieur Clermont, fazia a sua parte, noticiando em primeira página e em páginas internas o que denominou A Noite do Ano. Os ingressos, cuja renda seria revertida para as vítimas da guerra, esgotaram-se logo. Nem tanto por ajudar pessoas distantes – diziam os mexericos –, mas pelo prazer de ver e ser visto na mais exclusiva passarela da Capital.

O Tenente Albuquerque, desde o fatídico jantar, não poupou esforços para descobrir até onde iam as ligações entre a sobrinha e o bacharel. O acaso veio a seu favor. Após a missa de domingo no Templo Positivista – costumava frequentá-la nas folgas do quartel –, deparou-se com a modista carregando, com os braços estendidos, um grande pacote cor-de-rosa, preso por alfinetes dourados.

– Bom dia, Dona Manuela, posso ajudá-la?

– Obrigada, meu filho, não precisa. Aprontei o vestido e vou à pensão entregá-lo.

– Vestido? – ele repetiu, intrigado.

– Para a Senhorita Elizabeth ir ao concerto de gala. Vai ficar lindíssima com o modelo desenhado por mim – disse Dona Manuela, estufando o peito.

– Ela vai com quem? A senhora sabe?

– Se não me engano, mora por lá.

Os temores do tenente se confirmaram. Precisava raciocinar bem rápido e formular um plano. Recolheu informações em jornais e revistas sobre o espetáculo e a família Gomes de Toledo. No dia certo, esperou João Vasques sair para o trabalho e lançou a ofensiva.

– Bom dia, Senhorita Elizabeth, tenho um recado do bacharel.

– Recado? Por que não falou comigo? Saiu há pouco.

– Na pressa, ele me encarregou de lhe dizer: sente muito, mas não poderá levá-la ao teatro. Foi convocado pelo chefe para acompanhar a filha mais velha, Senhorita Maria Eduarda.

– Deve ser um engano – ela disse, sem acreditar.

– Pediu desculpas – prosseguiu o tenente – e que compreenda a posição dele. Nas altas rodas da sociedade, tudo pode mudar a qualquer momento.

Elizabeth, de pé à entrada do restaurante, por pouco não perdeu o equilíbrio. O tenente trouxe uma cadeira e a ajudou a sentar-se. Depois, foi buscar um copo d'água com açúcar e se despediu, sem expressar arrependimento.

Madame Bertha e Conceição encontraram Elizabeth com a cabeça baixa, apoiada nos joelhos.

– O que foi? – perguntou Madame Bertha, tentando levantar o rosto transtornado da sobrinha.

– Não irei ao concerto. Fui desconvidada. O Doutor Vasques nem se deu ao trabalho de me falar pessoalmente, mandou recado.

– Recado? Muito estranha essa história – disse Conceição, franzindo as grossas sobrancelhas.

– Me trocou pela filha do chefe – continuou Elizabeth.

– Não fique assim, não fique assim – repetia Madame Bertha, atônita.

– Essa história está mal explicada – insistiu Conceição.

– Eu imaginei tanta coisa... O vestido tão bonito... – soltou Elizabeth entre soluços.

Ao final da tarde, João Vasques retornou à pensão, e Elizabeth sequer lhe dirigiu palavra. Trancou-se no quarto, sem sair para nada. O bacharel bateu-lhe à porta, eram vizinhos, mas ela não respondeu. Diante do impasse, só restava procurar Madame Bertha:

– Por favor, me diga o que houve com a Senhorita Elizabeth.

– O senhor não sabe? Não se faça de desentendido.

– Como saberia?

— Pois vá paparicar aquela família besta e deixe minha sobrinha em paz — disse ela, dando-lhe as costas.

Golpeado por um adversário invisível, João Vasques caminhou a passos lentos pelo corredor em direção ao quarto. Fechou a porta e se jogou na cama. Com o olhar, interrogou o São Miguel sobre o criado-mudo, ele sabia como enfrentar e vencer os dragões. Por um bom tempo ficou ali, reunindo forças; apesar de tudo, não poderia faltar ao espetáculo.

O Theatro Municipal cintilava, semelhante a um grande candelabro. O dia fora quente e a noite seguia abafada. As grandes janelas haviam sido abertas, à espera da brisa vinda do mar. Nas escadas de acesso à entrada, toda cautela era pouca para evitar tropeções e pisadas na barra dos vestidos. Os trajes masculinos, em geral negros, contrastavam com o colorido das roupas femininas e o brilho das joias.

Gomes de Toledo e esposa instalaram-se no camarote, apreciando a excelente localização, bem próxima ao palco.

— Meu caro secretário, veio só?

— A Senhorita Elizabeth teve uma indisposição de última hora.

— Lamento. A noite promete. Há muito não via o Municipal tão vibrante.

— Por essa não esperava.

— Coragem, não perca *la joie de vivre*.

Em pouco tempo, todas as poltronas foram ocupadas. O presidente da República e senhora tomaram seus assentos na Tribuna de Honra. Soaram os avisos e, após o terceiro, abriu-se o majestoso pano de boca, representando o nobre encontro das artes com a civilização. No palco, à frente da orquestra, surgiram os artífices da noite, longamente ovacionados. Quando o silêncio retornou, dirigiram-se à plateia. Primeiro, Pierre Clermont, impecável no fraque, com galão dourado nas laterais da calça. Estava em seu elemento e pôde mostrar uma jovialidade pouco conhecida. Sua figura crescia à medida que o entusiasmo tomava conta das palavras. Saudou os convidados e dividiu com a plateia a satisfação em compartilhar o melhor da cultura de seu país – *la crème de la crème* – e o desejo de cada vez mais se estreitarem os laços de amizade entre as duas nações. Em seguida, David Moulin. Muito animado, falou sobre o desafio de promover nos trópicos um inédito encontro entre duas das mais importantes vertentes da música francesa: a tradição de Jean-Philippe Rameau e a modernidade de Claude Debussy. Fez um convite ao público para descobrir as afinidades entre eles, apesar de quase dois séculos a separá-los.

No programa, uma espécie de diálogo musical. A plateia se deixou encantar pelas composições, a maioria delas inédita no Brasil. Os solistas, escolhidos entre os melhores do Conservatório Nacional, saíram-se muito bem e surpreenderam o diretor. Por fim, uma pérola: a *sarabande* composta por Debussy em homenagem a Rameau.

O pano de boca desceu e um seleto grupo se encaminhou ao subsolo. Nesse espaço decorado por uma profusão de figuras exóticas de inspiração mesopotâmica, foi servido *champagne* acompanhado de canapés. As opiniões, unânimes: o concerto já se tornara histórico. Alguns mais atentos perguntaram, intrigados, sobre uma pequena joia do programa: *As Artes e as Horas*. Até mesmo na França, esclareceu Monsieur Moulin, poucos a conhecem, por ser um interlúdio da última ópera de Rameau. Monsieur

Clermont, por sua vez, aproveitava para consolidar as bases de futuros compromissos, atividade que dominava como ninguém. Pela satisfação em seu rosto, os planos caminhavam conforme previsto. Apesar da tristeza, João Vasques conseguiu se distrair, participando de uma ou outra roda masculina, onde o tema da guerra preponderava sobre todos os demais, inclusive os mundanos. Por alguns momentos pôde esquecer a angústia provocada pela cadeira vazia, a ausência de Elizabeth.

11. Alianças

Nunca imaginei que um desencontro pudesse mudar a vida de tantas pessoas. Sou uma simples empregada, mas presto atenção em tudo. Na Pensão Suissa, Constanza e eu encontramos um lar. Madame Bertha me apoiou no momento mais difícil da minha vida, depois que os meus pais morreram; e a senhorita, quando o desgraçado me traiu. Tenho carinho pelas duas, mais pela sobrinha, ela me ajudou a cuidar de minha irmã.

No dia da reviravolta, fiquei desconfiada. Um homem educado que nem o Doutor Vasques tirar a palavra e desconvidar a senhorita? E mandar recado pelo tenente? Impossível. Um detestava o outro. Na pensão, ouvi burburinho: o bacharel não é de molecagens. Concordo. Ele enfrentou o chefe de polícia para me defender.

O destino tem dessas coisas, vem uma nuvem e cobre os nossos olhos, eu mesma já vivi essa loucura, escolhemos uma trilha sem ver a estrada livre bem ao lado. Foi assim com a Senhorita Elizabeth. Cega em sua dor, não conseguiu enxergar mais nada. E ainda Madame Bertha botou lenha na fogueira, repetiu mais de uma vez: Isso não se faz com ninguém, muito menos com uma "Fist".

O vestido tão caprichado virou um problema, a senhorita não podia olhar, vinha choro na certa. Para madame, era uma obra de arte, e me mandou guardar bem guardado, quem sabe, um dia, ela se animava. Pus bolinhas de naftalina na gaveta (traças adoram comer tecidos) e troquei o papel rosa por azul, tentando salvar a roupa das horríveis manchas amareladas.

A senhorita alimentava um foguinho de esperança para o lado do Doutor Vasques, só isso explica a tristeza grudada no seu rosto. Nem o restaurante, com tantas coisas para resolver, tirava a moça do buraco. De uma hora para outra, começou a falar das belezas de Nova Friburgo, das hortênsias, do inverno.

Uma surpresa acabou dando força ao plano da senhorita. A guerra se espalhava pelo mundo. Na pensão, ouvi o comentário: O Brasil vai entrar também, por causa dos navios afundados pelos submarinos alemães. Perguntei ao Senhor Loredano o que é esse tal de submarino e quase não acreditei, nunca ouvi falar de barco andando por baixo da água. Não só existem, mas atiram balas, furam cascos; às vezes os marinheiros conseguem fugir, outras vezes não. No quarto ou quinto navio, não sei bem, o povo resolveu se vingar das pessoas com nome alemão, dos comércios de nome alemão. Nesse clima de revolta, a Pensão Beethoven foi atacada por demônios: quebraram com incrível rapidez vidros, móveis, louças e por pouco não sobrou para o proprietário, ele fugiu pela porta dos fundos. Os hóspedes, apavorados, pegaram as suas coisas e correram para cá, porque a Suíça não apoia nenhum dos lados. Madame Bertha, que não perdoava o Senhor Hammer, ficou em estado de graça. Em pouco tempo preparamos os quartos e dobramos a comida do jantar.

A senhorita chegou no balcão e puxou conversa com madame:

– A Pensão Suissa voltou aos velhos tempos.

– Nem posso acreditar! Recebi ajuda de uma guerra.

– Não se zangue comigo – disse a sobrinha, colocando a mão sobre o braço da tia. – Pretendo voltar a Nova Friburgo, ver meus pais.

– Ganhamos clientes e vou precisar de ajuda; estou mais velha, cansada – madame suspirou.

– Ora, não fale assim, a senhora ainda é jovem e goza de perfeita saúde.

– Tenho lembrado muito do meu Sebastian. Será que ele me chama?

– Ao contrário, ele envia do Céu bênçãos para a senhora – disse a moça, com ar divertido.

– Fique mais um pouco, precisamos cuidar muito bem do pessoal novo.

– Vou me empenhar. Depois, voltarei para casa.

Madame Bertha fingiu concordar, mas não podia viver sem a Senhorita Elizabeth. Todos nós ficamos preocupados, torcendo para ela no último momento mudar de ideia.

A notícia logo se espalhou. O Doutor Vasques andava triste, quase não aparecia. Com terreno livre, o Tenente Albuquerque foi chegando perto da senhorita, perguntou pelos pais, ofereceu apoio, podia contar com ele. Para madame, fez promessa de proteger a pensão, não deixar o povo quebrar. Dali em diante, o rapaz mal-educado virou um perfeito cavalheiro, nas palavras da senhora.

Se alguém me perguntar se eu gostava do tenente, respondo: não gostava. Jovem e bonito, isso ele era, mas para mim tudo nele parecia falso. Andava, falava que nem soldado, talvez por não saber viver bem fora do quartel. E tem mais: nunca me convenceu que amava a senhorita de verdade. Andou me olhando de um modo estranho, soltando umas gracinhas. Sai para lá, não falei, mas pensei.

Por causa da guerra, o Governo preparou um grande desfile. O tenente era instrutor de tiro e não perdeu tempo:

– Boa tarde, madame; boa tarde, senhorita, vejo que estão saboreando o delicioso néctar cujo segredo só a Davina conhece.

– Aceita uma xícara? – disse Madame Bertha, sem entender muito bem o tal de "néquita".

Todo satisfeito, ele pendurou o quepe, sentou-se, esperando que eu servisse o café; tomou um gole e se endireitou, ia dizer uma coisa muito importante. Vi um risinho no canto da boca. Depois de um pigarro, atacou:

– Gostaria de fazer um convite à senhora, extensivo à senhorita.

– Convite? – perguntaram as duas.

– O desfile militar do Dia 7 de Setembro será formidável, inesquecível, um marco na História do Brasil. Tenho entradas para a arquibancada das autoridades.

– Onde vai ser? – quis saber madame.

– No Campo de São Cristóvão. Vinte e dois mil homens formarão diante do presidente da República. Abrindo a cerimônia, teremos os marinheiros norte-americanos.

A senhorita enrugou a testa, devia estar contando quanto tempo ia levar para os vinte e dois mil homens passarem na frente das autoridades.

– Será demorado, tenente. Temos as compras da pensão, hoje é dia.

– A que horas? – continuou madame, o interesse saltava dos olhos azuis.

– Às dez.

– O local é um dos mais quentes da cidade, não sei se minha tia vai se dar bem, ela nasceu a mil metros de altitude.

– Ora, Madame Bertha encontra-se aclimatada e, lhe garanto, não iremos ao Saara – disse ele, tratando a senhorita igual a criança.
– Podemos responder mais tarde?
– Vamos decidir agora. Qual a sua opinião, madame?
– Diante de tão honroso convite...
– Ficaremos o tempo que lhes for conveniente.

O Dia da Pátria amanheceu com céu brilhante sem pingo de nuvem. Foram no bonde São Januário. Aqui comigo, ia pensar duas vezes antes de sair de casa para ver um monte de homens vestidos todos iguais, andando em fila, ao som de tambores, horas a fio. Madame deixou ordens de agir ou não agir até ela voltar. Você é uma de nós, disse com um tapinha no meu ombro, só para me agradar e eu fazer tudo direito.

A campainha tocou, abri a porta. Madame, senhorita e tenente entraram, nessa ordem. Cabelos despenteados, roupas suadas, pareciam ter ido caçar tigre na selva. Madame bufava e se jogou no sofá; a sobrinha caiu na poltrona. O tenente pediu licença e saiu, para não ver a tropa derrotada pelo calor.

– Conceição – disse a senhorita. – Adivinhe!
– Não sei, conte logo!
– O tenente se enganou, as entradas eram para um circo, um circo patriótico – disse ela, rindo.

Madame fez um movimento querendo discordar, mas o cansaço segurou as palavras na garganta. A senhorita, em situação um pouco melhor, continuou:

– Nossa aventura começou com o bonde, que não pôde passar pelo Campo de São Cristóvão, interditado pela polícia. Tivemos de saltar bem antes e ir a pé.

— E depois?

— A arquibancada das autoridades estava repleta. Distribuíram mais ingressos do que o número de lugares.

— Ninguém reclamou?

— As reações foram, como diria...

— Fale!

— Inacreditáveis.

— Estou imaginando coisas vergonhosas.

— Quase isso. Alguns diziam ter mais direito, conheciam o Doutor Fulano ou eram parentes do Doutor Sicrano. Outros, não tendo famílias tão importantes, ameaçaram obter um lugar pela força. Senhoras tentavam abrir caminho agitando leques que nem espadachins. Rapazes inconformados começaram a balançar a estrutura metálica, causando pavor ao público sentado.

— O que fizeram, nessa confusão? — perguntei com medo.

— Ficamos de pé, ao lado da arquibancada. Minha tia, depois de ter caminhado debaixo de sol quase a pino, mal se aguentava. Eu também me senti exausta.

— E se voltassem? — arrisquei um palpite.

— O tenente fez de tudo para não desistirmos, seria malvisto, como se àquela altura alguém pudesse ver alguma coisa.

— O que decidiram, afinal? — insisti.

— Estávamos embrenhados nessa discussão quando ouvimos uma gritaria. Populares aglomerados do lado de fora do Campo resolveram chegar mais perto e se lançaram sobre as grades, derrubando-as. A polícia, em pequeno número, não conseguiu conter a onda. Aos tropeços e empurrões, a multidão tomou conta de todo espaço onde era possível se enfiar.

– E as autoridades? O tenente falou de estrangeiros.

– Muito assustados, inclusive o presidente, absolutamente passado e, diria mais, engomado.

– Então, não viram o desfile dos vinte e dois mil homens?

– Nada de nada – disse a senhorita, balançando a cabeça.

À noite, o tenente falou maravilhas do desfile, o fracasso virou um grande sucesso, sem se importar com a cara de pouco caso do Senhor Loredano. Deu um jeito de ficar a sós com madame. Eu tirava a louça e ouvi na hora que ele jogou a isca:

– A Senhorita Elizabeth já tem data para retornar a Nova Friburgo?

– Em breve – madame respondeu com tristeza.

– Isso não acontecerá se ficarmos noivos.

– Noivos? Entendi bem?

– Entendeu muito bem, sua audição está perfeita. Pretendo pedir a mão da Senhorita Elizabeth em casamento. Conto com o seu apoio para convencer os pais a me aceitarem.

Madame não esperava por aquilo, era um espanto só.

– Vamos nos casar e continuar morando na pensão – disse o tenente, atento à reação da senhora.

– Ela vai poder me ajudar? – disse madame com olhar pedinte.

– Eu lhe asseguro: nada mudará.

A senhorita recebeu atenções, galanteios. Homens são assim: disfarçam, sabem esconder seus defeitos. Ainda hoje não sei como ele conseguiu fazer a moça acreditar que podiam ser felizes. Na pensão, a notícia caiu feito um raio. Ninguém simpatizava com o rapaz. Pobre senhorita, ouvi dizer pelos cantos. O bacharel, coitado, tomou a descarga. Nem conseguiu cumprimentar os noivos, desejar coisas boas. Tudo certo, inclusive a data do casamento, e o tenente veio com a notícia cruel: foi transferido para um batalhão em Mato Grosso.

Madame Bertha desmaiou.

12. Acerto

A noite francesa rendeu frutos, confirmando Monsieur Clermont como hábil estrategista. Logo depois, o Convênio Brasil–França foi aprovado pelo Congresso. Café em troca de navios. Missão cumprida, afastou-se dos gabinetes, dedicando tempo integral à propaganda da causa aliada: fez discursos à juventude, distribuiu bandeiras em tiros de guerra, promoveu tertúlias musicais. Aguardava, ansioso, autorização para retornar à Europa, antes que as suas manobras de bastidores fossem descobertas.

No Ministério da Fazenda, o trabalho só aumentava. Era preciso administrar os bens alemães confiscados e as pressões para lhes dar os mais variados destinos. Gomes de Toledo procurava manter a rotina, isto é, meio expediente *chez lui*. Em uma pausa alimentada por café e doces mineiros, e dispondo de sua conhecida franqueza, comentou:

– O senhor secretário anda macambúzio.

– Não é nada.

– Ora, não tente me enganar. Essa tristeza só pode ser de fundo amoroso.

– Desde aquele concerto, muita coisa mudou para mim.

– A moça que se sentiu mal?

– Ela mesma. É sobrinha da proprietária da pensão. Houve um mal-entendido, na verdade um péssimo entendido, e ela desistiu de me acompanhar.

– Já é passado, vamos em frente.

– Pois é, ela foi em frente. Aceitou se casar com um sujeitinho detestável, também morador da pensão.

– Existem outras pessoas no mundo, haverá novos encontros, novas possibilidades – observou Gomes de Toledo em tom profético.

– Eu me arrependo de não ter lutado por ela.

– Nessas horas, o melhor é se dedicar ao trabalho. O porto nos aguarda.

Os dois homens foram ao encontro do inspetor da Alfândega e, na Guardamoria, embarcaram rumo ao cais do Caju. O objetivo era visitarem o trapiche onde se encontrava o salitre confiscado dos vapores alemães. Nos fardos, lia-se em letras grandes: PRODUCTO DE CHILE.

– Avaliado em um milhão de contos de réis – disse o inspetor com a gravidade que o alto valor pedia.

– Com certeza, o destino era a Polônia – disse o secretário.

– Tem certeza? – estranhou o inspetor.

– Os alemães construíram uma fábrica de munição em Cristianstadt, para abastecer as forças avançadas – explicou o secretário.

– Doutor Vasques, o senhor está muito bem informado! – disse o inspetor, surpreso.

– Nossos aliados devem se interessar por essa carga – concluiu o ministro, esfregando as mãos.

– Podemos vender com sobretaxa, por ser minério estratégico – acrescentou o secretário.

– Ótima ideia! – disse o inspetor. – Só os custos de armazenamento estão em noventa mil réis.

De volta ao ministério, más notícias os aguardavam. Gomes de Toledo, embora fosse um político experiente, demonstrou cansaço. A guerra conseguia acabar com os nervos mais resistentes.

– Veja só, meu caro Vasques. A história do convênio de novo.

– O quê, desta vez?

– Nosso velho amigo Clermont aprontou uma das suas.

– Sério?

– A oposição fez uma gritaria e nos enviou requerimento de informações.

– Qual o problema?

– Pelo convênio, os franceses deveriam comprar o café por intermédio do Banco do Brasil. Na hora "H", compraram pela Casa Prado Chaves. Sócia de quem? Adivinhe: Monsieur Gauthier.

– O representante dos credores franceses?

– Ele mesmo.

– Por favor, prepare a resposta ao Congresso.

– O que vamos alegar?

– O comprador escolhe o intermediário.

– No convênio não está dessa forma.

– A compra foi feita. Se quisermos voltar atrás, haverá reação dos produtores paulistas, loucos para ver a cor do dinheiro.

João Vasques levantou-se e foi até o chefe. Apoiou as mãos no esplêndido móvel e, frente a frente, indagou com o semblante carregado:

– O senhor está dizendo para eu responder com uma mentira? É isso?

– Não sou eu, é o presidente – disse o ministro, esquivando o olhar.

– E se o procurássemos? Talvez explicando...

– Assunto encerrado.

– A resposta sairá no final da tarde – disse João Vasques, baixando os olhos.

Havia também os valores guardados por seguradoras e bancos alemães. Os interventores federais compareciam regularmente ao Tesouro a fim de prestar contas. O ministro pediu ao secretário para ler os relatórios e repassar informações a quem de direito. Não se ouvia queixa. João Vasques havia tomado para si a sugestão de mergulhar no trabalho. Além do mais, a pensão sem Elizabeth, ele comentou, lhe parecia uma casa sem alma.

– Meu caro Vasques, em breve deixarei o ministério. Pretendo concorrer às eleições legislativas.

– Vou sentir saudades dessa correria.

Gomes de Toledo se aproximou da janela entreaberta e mirou a linha do horizonte.

– Em pouco tempo, a Delegacia do Tesouro na Inglaterra abrirá uma vaga. O que acha de substituir o calor do Rio de Janeiro pelo *fog* londrino?

O secretário ficou muito sério diante da inesperada proposta.

– Com o fim da guerra – Toledo prosseguiu, ainda com o olhar distante –, vamos precisar de funcionários experientes para renegociar os nossos empréstimos com a City.

– Um tremendo desafio!

– Nada que o senhor não possa fazer. E terá o apoio dos nossos diplomatas.

– As funções no exterior são reservadas aos cargos superiores. O senhor sabe...

– Dentro de poucos dias – interrompeu o ministro –, o *Diário Oficial* publicará a nomeação do bacharel João Vasques como procurador da Fazenda. Boa viagem.

A notícia era tão auspiciosa que nem parecia verdade. João Vasques mandou recado para Olívia, ela deveria ser a primeira a saber. Talvez a segunda, porém Elizabeth se encontrava a dois mil quilômetros dali. De volta à pensão, deparou-se com Madame Bertha bastante compenetrada, examinava o livro de hóspedes.

– Boa noite, tenho algo importante a lhe comunicar.

– À vontade – ela respondeu, sem tirar os olhos do precioso volume.

– Fui nomeado procurador; o meu novo posto será em Londres.

– O senhor vai para o estrangeiro? – ela perguntou, interessando-se pela conversa.

– Em vinte dias, não mais. É o tempo para encerrar todos os meus compromissos.

– Ah! – fez Madame Bertha, dando-se conta de que em breve riscaria um nome do livro.

– Saudações, madame – disse João Vasques com um gesto de adeus. – Faça-me um favor, transmita os meus cumprimentos à Senhora Albuquerque.

13. Travessia

Londres, 19 de julho de 1926
Querida Olívia,
Espero que estejas com boa saúde. De minha parte, vou indo bem, aproveitando os dias bonitos do verão, quando as nuvens e o vento frio lhes dão trégua.

E nossos irmãos? Aníbal me contou: ele e Álvaro lançaram um remédio para sífilis baseado em novo conceito. Confesso invejá-los. Gostam de criar projetos, são atirados e sempre alcançam sucesso.

Peço desculpas por não escrever antes, porém os acontecimentos se sucederam de forma vertiginosa. A Roda da Fortuna começou a girar, tinhas me dito quando fostes àquela cartomante no Rio de Janeiro, mas na época não acreditei.

O meu tempo se esgotou. Apesar disso, me mantiveram aqui para eu concluir negociações intermináveis, com idas e vindas que poderiam figurar nos melhores folhetins. Assim me foi dito, mas a verdadeira razão, ou a mais forte, pode ser bem mais prosaica, isto é, uma briga de facções políticas para indicar um correligionário ao meu cobiçado posto.

Uma agradável surpresa foi reencontrar o Doutor Gomes de Toledo. Veio a Londres chefiando a delegação brasileira à Conferência Internacional do Trabalho, onde, confidenciou-me, temos muito mais a ouvir. Nosso país, por ter sido o último a eliminar a escravidão, e não faz muito tempo, costuma ser visto com restrições nesses fóruns.

Imagino que a sua presença tenha a ver com o desejo do Governo de atenuar tal imagem.

Pude recebê-lo em Lexington Street com as honras merecidas. Conversamos sobre os acordos alinhavados, as intrincadas relações do pós-guerra e a crise vivida pelo Brasil sem dar sinais de ir embora. As rendas alfandegárias nunca mais se recuperaram, resultando em verdadeira catástrofe para o Tesouro. Falamos também de amenidades acompanhados de um bom *scottish*. Perguntou se havia me casado e se espantou com a minha negativa: Nem aqui, um país com lindas mulheres, encontrou uma noiva? Constrangido, respondi: não a encontrei, ou não me encontraram. Talvez tenha passado da idade, acostumamo-nos a tudo, inclusive à solidão. Perguntou sobre "a moça do concerto" (ainda lembrava!), se era o motivo de estar celibatário. Falei a verdade: nunca mais soube a seu respeito, mas... sim, talvez.

Nosso embaixador em Londres, Doutor Reginaldo Moreira, hospedou os Gomes de Toledo (eram primos) na residência oficial. Para saudar tão ilustres visitas, ofereceu um banquete à delegação, composta de senadores e deputados da base governista. Além do pessoal diplomático, foram convidadas personalidades do mundo político e social. Em outra ocasião, brindou-os com um *tour* pelos principais pontos da cidade; em paralelo, as esposas tomavam chá com a embaixatriz. Desisti do passeio, conheço bem os locais e poderia ser arregimentado para guiar os compatriotas.

Se pensas que as homenagens terminaram por aqui, estás enganada. Nosso povo, ou melhor, nossos expoentes, têm um gosto incomparável pelas celebrações. Não bastando o *dinner party* do Doutor Reginaldo, nosso embaixador do outro lado do Canal programou um requintado almoço, dias depois, para a mesmíssima delegação, ele não podia fazer por menos. Compareceram autoridades, diplomatas, membros da colônia e brasileiros ilustres de passagem pela Cidade-Luz.

Gomes de Toledo levou-me em sua comitiva. A refeição, realizada no famoso Hôtel Ritz, transcorreu impecável. Lá pelas tantas, imagina qual não foi o meu espanto, me apresentaram ao meu futuro substituto, Doutor Frederico Borba. Circulava com desenvoltura, como se nomeado estivesse.

A intelectualidade nacional, apesar de inferior em termos numéricos, conseguiu ser notada. O casal Oswald de Andrade e Tarsila do Amaral, ele escritor e ela pintora, foram bastante festejados, não tanto pelas respectivas obras, desconhecidas pela maioria dos presentes, mas pela refinada elegância. Apreciei conversar com eles e por eles soube que um velho conhecido, David Moulin, estreara um balé composto – pasme! – no Brasil, com libreto de outro velho conhecido, Pierre Clermont. O espetáculo provocou reações extremadas e não é para menos: o principal bailarino, um sueco de quase dois metros, apareceu vestido com malha cor da pele e só. O mais extraordinário é descobrir Monsieur Clermont, um católico fervoroso, adepto de experimento desse tipo, tão vanguardista a ponto de permanecer menos de um mês em cartaz. Como podes ver, minha irmã, o mundo está mudado.

Espero não ter te cansado com minhas histórias, pois deixei o melhor para o final. Eu apreciava o cair da tarde, com suas belas cores, quando me deram recado para fazer companhia ao nosso eterno ministro. Sem muitos rodeios, assim é do seu feitio, me pôs a par da última jogada. Ele sugeriu (o certo é negociou) o meu nome ao Doutor Getúlio Vargas para chefiar a Alfândega do Rio de Janeiro. Precisei de alguns minutos, custei a absorver a notícia. Por fim, agradeci, devo-lhe mais essa. Ele se ergueu, pôs a mão em meu ombro e me lançou um olhar cúmplice. Para ele, é conveniente ter um homem de confiança em nossa principal aduana. Bom para nós dois.

    Posso adivinhar a tua surpresa, estas linhas parecem saídas da cartola de um mágico. Agora, estando a par de tudo, deves contar a nossos irmãos a novidade. Espero que sintam orgulho do irmão bacharel. Deixo-te um abraço afetuoso e um até breve.

    João

14. Apreço

O *Diário Oficial* registrou o que já se comentava nos bastidores da República: João Vasques, procurador da Fazenda, tornara-se inspetor-chefe da Alfândega do Rio de Janeiro. A notícia saiu nos principais jornais da Capital, com boas expectativas, tratava-se de funcionário bem-sucedido em sua carreira pública. Um deles, mais atento, chamou atenção para um fato quase despercebido: o novo titular não pertencia aos quadros da Aduana. Para ajudante, outro funcionário do Tesouro: Abílio Mendes Campos, 1º escriturário. "O Ministro Getúlio Vargas pretende intervir na mais importante Alfândega do país?", indagou o periódico, sem se atrever a dar resposta.

A novidade merecia uma comemoração. Amigos próximos organizaram, em homenagem a João Vasques, um almoço no Restaurante da Brahma, o mais famoso da Galeria Cruzeiro. Abrindo o livro de adesões, assinaram os deputados César Vergueiro e José Braz, seguidos pelo Doutor Aurélio D'Ávila, nomeado procurador na mesma fornada do homenageado.

Embora fizesse parte do Ministério da Fazenda, a Alfândega era muito mais antiga, nascera quase junto com a cidade do Rio de Janeiro. Um mundo à parte, João Vasques logo iria constatar. Havia uma vasta gama de assuntos para conhecer, e ele se dedicou a esse aprendizado. Mal assumira, o ajudante o interrompeu, com voz grave:

– Doutor Vasques, seu irmão Aníbal ao telefone.

– Retorno mais tarde.
– É urgente.
O inspetor levantou os olhos do papel e, percebendo o ar de preocupação do funcionário, resolveu atender.
– Tenho uma terrível notícia a te dar.
– Sobre...
– Didu.
– Ele não estava em Santana?
– Veio a negócios.
– Vamos, fala!
– Sofreu mal súbito.
– Não é possível! – disse o inspetor, empalidecendo.
– E tu, sendo médico, o que fizeste?
– Chamei ambulância e o trouxe para a Santa Casa, onde estamos.
– Vou correndo.
João Vasques pôs o documento de lado, apanhou o chapéu e deu ordem para chamar o motorista, que, com um cigarro no canto da boca, jogava fora uma prosa aguardando o final do expediente. Em poucos minutos chegaram à Santa Casa. Apressou o passo em direção à portaria. Álvaro veio em seguida e juntos foram ao quarto 16.
– Como ele está? – perguntaram os dois, em uníssono.
– Não vou enganá-los, o quadro é grave, irreversível.
– Avisou Olívia?
– Já está a caminho.
João deu as costas a Didu, era penoso vê-lo inconsciente. Fazia calor; o abafado da tarde lhe provocava manchas redondas sob os braços. Retirou o lenço do bolso do paletó e enxugou o suor a brotar teimoso. Aproximou-se da janela e pôde ver, no terreno arborizado, uma alameda

sinuosa, interrompida por um pequeno córrego. Pôs-se a contemplar a paisagem, como se aquele percurso simbolizasse a sua própria vida. Um tremor o sacudiu. Recolheu o devaneio.

– Quis tanto vê-lo confraternizar comigo! – disse João, voltando a se aproximar do irmão.

Aníbal e Álvaro se entreolharam, não tinham coragem de admitir: esse desejo não se realizaria.

– Prometi a nosso pai orgulhar-se de mim – continuou João.

– Infelizmente, ele nos deixou cedo – disse Aníbal.

– Didu o substituiu com toda dignidade, um segundo pai – disse Álvaro. – Sobretudo para nós, os menores.

– Sinto um aperto – disse João. – Me parece um mau presságio.

– Bobagem! – cortou Álvaro. – Fatalidades acontecem.

Em inusitada inversão, o rol de amigos compareceu, em primeiro lugar, à Igreja de São Francisco de Paula, onde se realizou a missa de sétimo dia de Eduardo Vasques, no penúltimo dia do calendário.

Passadas as festas de Ano Novo, o almoço foi remarcado para as doze horas do dia doze de janeiro. Uma enorme mesa enfeitada com arranjos de flores reuniu trinta e cinco personalidades: políticos, militares, representantes de órgãos públicos e associações, colegas e o irmão Aníbal. Saudou-o João Domingues, procurador da Fazenda, destacando as qualidades morais e profissionais do homenageado. O inspetor, com os olhos brilhantes, dirigiu-se aos convidados:

– Agradeço as provas de confiança e amizade de todos os senhores, que deixaram seus afazeres para virem a este congraçamento.

– Merecido! – ouviu-se aqui e ali.

– A partir de agora, fico ainda mais motivado a me integrar à grande luta de restauração econômico-financeira do nosso país.

– Muito bem! Muito bem! – disseram todos.

– Nessa luta – prosseguiu João Vasques – reservaram-me um dos setores mais importantes: a arrecadação e a fiscalização das rendas externas no porto da Capital. Agradeço ao ministro da Fazenda pela confiança.

Fez-se silêncio para as palavras finais.

– Um brinde ao Doutor Getúlio Vargas!

15. Desencanto

O dia se esvaziava de luz. Bateram à porta: Ó de casa! Correio! O envelope salpicado de carimbos percorrera longa distância. Nem precisava de muita argúcia para descobrir o remetente: Tia Bertha. Só ela poderia se confundir com os "ss" e escrever *Mato Groso*. Sorri. Amava-a com sua letra garranchada e enganos de português. Ajeitei-me na poltrona mais confortável. Ergui o envelope, para ver por onde abrir sem rasgar o conteúdo. As frases, escritas com dificuldade, não obedeciam à pauta do papel. Li devorando cada palavra. Respirei fundo, contendo as lágrimas.

Rodolfo entrou em casa a passos largos, como de costume. O som das botas martelando o assoalho de madeira explodiu nos meus ouvidos. Guardei a carta no bolso do vestido, mas não consegui guardar a tristeza.

– Por que essa cara de choro?
Calei-me.
– Vamos, desembucha!
– Minha tia está doente. É grave. Pede para ir vê-la – disparei a contragosto.
– A velha é muito forte, está fazendo fita.
– Não fale assim, ela gostava de você.
– Não gosta mais?
– Pediu perdão por ajudá-lo a casar comigo.
– Esqueceu rápido o que fiz por ela – disse ele, perambulando pela sala. – Uma ingrata!

– Chega, Rodolfo! – eu disse, pondo-me de pé. – Estou farta dos seus comentários maledicentes.

Ele me olhou como se me visse pela primeira vez. Acrescentei, para seu maior assombro:

– Vou visitá-la e levarei o Guilherme, ela deseja conhecer o sobrinho.

– Com ordem de quem? – perguntou com rispidez.

– Não preciso de autorização! – gritei, reunindo toda a minha energia.

– Eu a proíbo de viajar com o meu filho! – disse ele, aproximando-se de mim, dedo em riste. – E não tente me enganar.

Larguei-me na cadeira. O choro veio forte, todo o meu desencanto transbordou nesse momento. Ele era capaz de me impedir, e o faria, dizendo à polícia que eu roubara o filho dele, o menino era propriedade sua. Fitei-o com muita raiva, o mais insensível dos homens teria se abalado. Menos o Tenente Rodolfo dos Guimarães Albuquerque. Esse triste episódio foi um divisor de águas. Se ainda quisesse relevar o constante mau humor do meu marido, tive certeza, todos os meus esforços seriam inúteis.

Para me cortejar, demonstrou interesse pelas minhas opiniões, fingia aprová-las. Falou-me da sua história: filho de pais remediados, mas pobres de carinho. Ele sofria. Decidi ajudá-lo a curar essa ferida.

A caserna era o seu mundo. Teve orgulho de estagiar junto com outros tenentes na Alemanha. Além de conviver no melhor exército do mundo, o que não era pouco, encontrou oficiais com as mesmas ideias exóticas: atribuíam os problemas do Brasil aos bacharéis. Por isso, tanto implicava com o Doutor Vasques.

Hoje eu sei: casou-se comigo por capricho, tinha prazer na disputa. Depois, perdeu o interesse. Eu me vejo dessa maneira: um troféu empoeirado preso na parede.

A demora em termos um filho o deixou arrasado. Não tanto por vontade de ver uma criança florescendo, mas para mostrar aos companheiros de farda que era homem. A minha natureza não queria se misturar à dele, eu pensava, mas esqueci tudo quando o Guilherme chegou. O rostinho redondo, os olhos quase sempre fechados, como se não quisesse deixar o mundo celestial, despertaram em mim um oceano de ternura, e a minha vida cinza se encheu de colorido. Rodolfo comemorou o nascimento do filho porque era um menino, seguiria seus passos. Em pouco tempo, já criticava os meus cuidados: Vai estragar o menino!

Naquele fim de mundo, pretendia crescer na carreira. Só a dele importava. Tentei abrir uma escolinha em nossa casa, os filhos dos empregados da vila militar sequer eram alfabetizados. Rodolfo achou ideia de jerico, não tinha cabimento a esposa de um oficial trabalhar e, ainda por cima, de graça.

O temperamento competitivo não o ajudou no Exército. Irritadiço, trazia tudo a ferro e fogo, às vezes constrangia os colegas. Achava-se digno dos melhores postos, das mais difíceis missões, tudo para ele tinha que ser mais e mais. No entanto, o mundo real lhe ofereceu o contrário: Não suporto marcar passo, ele dizia. Com a intenção de sobressair a qualquer custo, ele se engajou no combate a uma coluna de revoltosos do próprio Exército, que escapava das forças federais embrenhando-se pelo interior.

Um dia, voltou alegre do quartel.

– Agora, sim, vão me dar valor.

– De que forma? – perguntei, reticente.
– O major me entregou o comando de um comboio.
– Continuo sem saber.
– Darei uma aula de estratégia. Vou mostrar o que aprendi com os alemães.
– Não será perigoso?
Rodolfo deu uma gargalhada e um arrepio percorreu o meu corpo.

16. Desvio

O novo inspetor desejava conhecer em detalhes a atividade aduaneira, para não ficar à mercê de funcionários pouco interessados em colaborar com um estranho àquele mundo. Alguns procedimentos, logo percebeu, mantinham-se mais pela força da inércia do que por uma boa razão. Nos momentos de dúvida, o ajudante lhe servia de interlocutor.

Abílio Mendes Campos ocupou a segunda posição da Alfândega por um motivo especial. Eram próximos, João Vasques e ele. Os cabelos e olhos claros contrastavam com o rosto bronzeado, fruto das manhãs de sábado pescando em Paquetá. No conjunto, possuía aspecto jovial, reforçado pelo modo atencioso de tratar a todos.

— Meu caro Abílio, quem são esses homens aglomerados na porta principal da Alfândega?

— Estranhos querendo fazer algum tipo de negócio. Em geral, escuso.

— Negócio?

— Tentam aliciar despachantes, oferecem propinas aos funcionários, vendem favores.

— Uma repartição da importância da Alfândega não pode ter esses enxames à sua porta, como nas aquarelas de Debret.

— É verdade. Ainda temos práticas coloniais.

— Faremos uma portaria proibindo esses agrupamentos.

O ajudante acendeu um cigarro, soltou uma baforada e ficou a observar a fumaça se dissipando. Caminhou pelo gabinete e parou diante de uma das janelas laterais, de onde se vislumbrava o movimento do velho porto.

– Tenho algo a lhe contar – disse o ajudante.

– Fale! – comandou o inspetor, aprumando-se, com certeza era má notícia.

– É sobre a conferência no Armazém de Bagagem. Pessoas não autorizadas circulam pelo setor, livremente.

– Absurdo! – disse João Vasques, batendo com o punho na mesa. – Como vamos garantir a entrega dos volumes a seus proprietários?

– Volta e meia surgem reclamações e, pior, vai tudo parar nos jornais.

João Vasques desejava evitar que assuntos desse tipo saíssem na imprensa. Caminhou até o local onde se encontrava o ajudante, ele parecia muito satisfeito com a proximidade ao mar e seus vapores. Da janela, observaram a lancha com a estrela da Aduana se aproximar, deixando um rastro de águas revoltas.

– Na Alfândega, fiquei sabendo, qualquer pessoa pode agendar serviços – continuou Abílio.

– Qualquer um?

– Pois é, apenas despachantes au-to-ri-za-dos – disse escandindo as sílabas – e corretores de navios é que deveriam, mas...

– Outro absurdo! Onde vamos parar? Isto aqui parece uma feira! – disse o inspetor avermelhando o rosto.

– Há muito dinheiro em jogo e, caso ocorra alguma fraude, seremos responsabilizados.

João Vasques coçou a cabeça. Abílio, adivinhando o pensamento do chefe, concluiu:

– Temos muito trabalho pela frente.

– A começar pelas portarias. Agora são três: a da entrada principal, a da conferência de bagagens e a do agendamento.

O sino da Candelária soou onze badaladas.

– Veja só, convoquei o guarda-mor para vir às dez.

– Foi ao Posto Fiscal resolver um problema de disciplina.

– Na minha opinião, ele não tem perfil para tratar com os guardas, é um típico almofadinha.

– Segundo dizem, sua experiência mais próxima com assuntos policiais foi no tiro de guerra.

– Isto é, nenhuma!

Mal o ajudante se despediu, entrou esbaforido o Guarda-Mor Antônio Bombardini, que os subordinados transformaram, entre eles, em Doutor Bombardeio. Baixo e roliço, tinha queda pela boa mesa, de preferência a italiana. Assumiu o posto por indicação de um político rival ao grupo liderado por Gomes de Toledo. Getúlio Vargas, buscando agradar a gregos e troianos, criara situação semelhante à de um cabo de guerra.

– Desculpe o atraso, tivemos um imprevisto no Posto Fiscal.

– Qual imprevisto?

– A lancha demorou a sair, apareceu um defeito mecânico.

João Vasques arregalou os olhos, por essa desculpa não esperava. Apanhou o bloco de anotações e fez uma leitura silenciosa.

– Estão ocorrendo muitas irregularidades no cais do porto – disse o inspetor, aborrecido. – Eu não quero saber se sempre foi assim ou não; temos o dever de acabar com elas.

O guarda-mor empertigou-se.

– Na região do cais atuam vários agentes, é certo, mas a nossa parte está deixando muito a desejar.

– Explique, por favor.

– Tenho notado muitas falhas, a começar pela comunicação das mercadorias apreendidas. As informações demoram a chegar ao gabinete e nesse hiato muita coisa pode acontecer.

O guarda-mor balbuciou palavras incompreensíveis.

– E mais. Estão descarregando mercadorias dos navios pelo lado do mar. Se não sabe o que significa, vou lhe dizer: descaminho nas nossas barbas!

– Alto lá! – disse Bombardini com um gesto brusco, fazendo saltar o botão metálico da farda correspondente à cintura.

Imóveis, os dois homens acompanharam com o olhar a trajetória pululante do pequeno objeto sobre o assoalho. Quando ele já se encontrava perdido embaixo de algum móvel, o guarda-mor continuou, sem se perturbar com a abertura na túnica:

– O senhor está mal informado. Aliás, muito mal informado.

– Não creio, soube do próprio ministro.

A referência a Getúlio Vargas foi a gota d´água, era preciso enfrentar o chefe:

– O senhor mesmo falou: não agimos sozinhos no cais. E não tenho pessoal para fiscalizar uma extensão quilométrica. Assim é!

– Dê um jeito – retrucou João Vasques, sem se abalar. – Amanhã sairão instruções sobre apreensão de mercadorias e descarga dos navios. Conto com a nossa Guarda para fazê-las cumprir.

– É o meu trabalho – disse o guarda-mor, batendo continência.

Mais tarde, quando o ajudante reapareceu, o inspetor o pôs a par da conversa, sem esquecer do botão, motivo de risadas. Confessou ter se excedido, mas a postura do auxiliar o deixava tenso, ele parecia remar em sentido contrário. Afinal, recebera de presente um cargo para o qual não possuía aptidão. Ou talvez Bombardini o recordasse o infame Coronel Louzada. Abílio fez questão de lembrar: o homem tem as costas quentes. João Vasques deu de ombros e seguiu com os seus afazeres. Não demorou muito e a conversa, que deveria ser tratada em sigilo, era passada adiante acrescida de novos elementos, segundo a criatividade de cada um.

A temida Rádio Corredor acabava de entrar em ação.

17. Estiva

Após editar portarias às carradas, afogando o diretor do *Boletim da Alfândega* com demanda extra de trabalho, João Vasques, até então ocupado em arrumar a casa (assim ele se referia às ações iniciais), inaugurou uma nova fase, destinada a incrementar as rendas aduaneiras. Para ele, o expediente tinha início, de fato, às quatro e meia da tarde, quando o portão externo se fechava.

Em um desses momentos de maior calma, Ramiro José da Silva apareceu à entrada do gabinete e colocou o rosto para dentro. Homem esguio, com pouco mais de quarenta anos, os dentes muito brancos sobressaíam na pele negra. Foi assumir o controle do portão e nunca mais se viram os indesejáveis agrupamentos. Apesar do pouco estudo, comunicava-se muito bem.

João Vasques levantou os olhos do processo volumoso acrescido de um apenso preso com barbante.

– O senhor está ocupado, eu sei, mas pode me dar atenção? – perguntou em voz baixa, corpo quase dobrado.

Ramiro não era de interrompê-lo; muito pelo contrário, evitava tal prática, antes habitual. João Vasques descobriu essa e outras qualidades do porteiro: ele entendia os seus desejos sem pronunciá-los. Fez um gesto de "pode entrar" e marcou a página com um lápis, antes de fechar o processo.

– O que o aflige, meu bom Ramiro?
– Minha família está em apuros.
– Homem, fale!

– Meu irmão e meu sobrinho são da estiva e foram parar na Detenção.
– Detenção? Fizeram algo errado?
– Nada, senhor inspetor.
– Tem certeza?
– A turma descarregava caixotes de Portugal no Armazém 6. Alguém deu falta de duas latas de azeite. O guarda acusou meu irmão e meu sobrinho de roubar o azeite.
Ramiro se calou, o assunto lhe era penoso.
– E depois?
– O fiel do armazém deu queixa e a polícia levou os dois para a Detenção.
À medida que o relato se desenvolvia, as sobrancelhas de João Vasques iam se franzindo e quase se uniram sobre o nariz, diante do atropelo dos procedimentos legais.
– Nossa família é grande, tem idoso, tia doente, crianças – disse Ramiro, suspirando.
– Duas latas de azeite? Ouvi bem?
– É, doutor – confirmou Ramiro inclinando a cabeça.
João Vasques respirou fundo. Sabia que eles iam mofar na cadeia.
– É muito triste. Tanto rigor...
Ramiro estalava os dedos das mãos de tanto apertá-los, aguardando o inspetor completar o raciocínio.
– Enquanto cargas inteiras desaparecem e não se encontram os responsáveis – concluiu, enfatizando a última palavra.
O inspetor anotou em um bloco os nomes do irmão e do sobrinho.
– Amanhã voltamos a conversar.
Ramiro se despediu com o semblante um pouco menos tenso. João Vasques pôs-se a andar pela sala. Duas latas de azeite, ele repetia, quando chegou o ajudante. Contou-lhe

a incrível história e lhe pediu que ligasse para o chefe de polícia. Abílio ponderou: não tem cabimento o inspetor da Alfândega se intrometer em assunto particular. João Vasques semicerrou os olhos, pensativo.

– O que foi? Falei alguma bobagem?

– Lembrava de uma das frases preferidas de minha mãe: Na dúvida, meninos, sigam o seu coração.

Ao telefone, e após os cumprimentos de praxe:

– Doutor Bandeira de Almeida, tenho algo a lhe comunicar.

– A propósito?

– Sobre o desaparecimento de duas latas de azeite no Armazém 6 do cais do porto.

– Ah!

– Elas se extraviaram e vieram parar aqui na Alfândega.

– Como assim?

– Não sei lhe dizer como, mas foi o que aconteceu.

– Ah!

– Amanhã serão entregues, sem falta. Peço-lhe informar à Detenção, para que solte os estivadores – fez uma pausa – e leu os nomes: Adelino da Silva e Pedro Paulo da Silva, pai e filho.

– Sugiro deixá-los trancafiados por uns dias, será um exemplo aos demais para que nem em pensamento ousem repetir esse crime.

– Nada de exemplos, Doutor Bandeira de Almeida, são arrimos de família e está tudo esclarecido.

– O senhor é quem sabe.

João Vasques gostava de observar o panorama ao final da tarde. O crepúsculo em tons fortes de rosa e lilás recobria o azul em retirada. Embebido dessa maravilha, apanhou uma cédula do bolso e a repassou ao ajudante.

– Amanhã, cedo, mande alguém comprar duas latas de azeite português e entregá-las à Chefatura de Polícia.

No dia seguinte, ao final da tarde, Ramiro bateu à porta; a aparência era outra, não trazia mais as costas arqueadas pela aflição.

– Com licença, senhor inspetor, tem um minuto?

– Pode falar – disse João Vasques com um sorriso.

– Meu irmão e meu sobrinho foram soltos, amanhã voltam à *praia*.

– Ótima notícia!

– Tem o dedo do senhor nessa história.

– Fiz o que pude.

– A União dos Operários Estivadores já estava se mexendo, mas ia demorar.

– Se mexendo?

– Procuramos o Doutor Evaristo de Moraes.

– Ah, sim, conheço. Mas essa União? Nunca ouvi falar.

– Tem vinte anos.

João Vasques calou as perguntas, elas só demonstravam o quanto desconhecia o mundo da estiva. Ramiro retomou a conversa, adivinhando mais um pensamento:

– O senhor é de outra classe, porém consegue olhar para nós, os de baixo.

As palavras de Ramiro deixaram o inspetor inquieto, não costumava refletir sobre tais assuntos.

– Vou lhe fazer um convite. Venha conhecer a Sociedade Dançante Carnavalesca Reinado de Siva – disse Ramiro, estufando o peito e caprichando cada palavra. – Tem baile aos sábados. E não ligue para o que dizem, é tudo mentira. Ou quase tudo.

– Siva... Quem sabe?

18. Estratagema

Entre todos os crimes praticados na área aduaneira, o mais conhecido era o contrabando. Tal palavra, utilizada para designar a movimentação de cargas sem pagamento de imposto, apesar de incorreta, fazia sucesso. A imprensa demonstrava especial satisfação em noticiar casos desse tipo. E dizia categórica: antes de pretender aumentar impostos, o Governo deve trabalhar mais, ou trabalhar melhor.

A Guardamoria da Alfândega, encarregada de reprimir o descaminho (o nome adequado para a ocorrência), tinha por base o Posto Fiscal Paula e Silva, inaugurado poucos anos antes na ilha de Santa Bárbara. Possuía uma única lancha para vigiar as praias, os vapores em descarga e os ingressos a bordo. Os "ladrões do mar", inteirados dessa fraqueza, e conhecendo os horários de troca da guarda, emparelhavam as chatas aos navios e recolhiam cargas em plena luz do dia; ou à noite, esquivando-se para não serem alcançados pelo farol da ilha. Havia também a técnica do "balão": dos navios, jogavam ao mar um grande saco impermeável repleto de produtos; depois, um barco se aproximava e o recolhia, com destino à praia de Maria Angu.

João Vasques procurou o apoio de Getúlio Vargas. Apresentou-lhe um relatório pormenorizado, começando pelas instalações acanhadas da Alfândega e a inexplicável distância física entre o porto do Rio de Janeiro e a sua Aduana. O ministro prometeu tirar do papel o projeto de uma nova sede na avenida do Cais. Prometeu, ainda, fornecer mais lanchas e funcionários. As instalações do Posto Fiscal ganhariam um segundo andar.

Além da falta de recursos, havia um poderoso obstáculo a ser enfrentado: inspetor e ajudante, por serem oriundos do Tesouro, desconheciam muitas das práticas (algumas ilegais) do dia a dia no porto. Restava-lhes o uso da inteligência, e nesse caminho apostaram.

Um alerta surgiu após o leilão de tecidos de seda. Na Alfândega, esperavam obter uma boa soma para os cofres públicos, as casas chiques da rua do Ouvidor viriam em peso disputá-los. Puro engano: o valor obtido não foi suficiente nem para pagar as diárias de armazenagem. O comércio de luxo se abastecia por outros meios.

– Estamos sendo ludibriados pelos importadores de seda – disse o inspetor.

– É pior que procurar agulha no palheiro – contrapôs o ajudante com a sinceridade costumeira.

– Se tivermos um ímã, talvez não seja tão difícil.

– Não entendi.

– Vamos estudar o comportamento do negócio e encontrar o seu ponto fraco.

– Já tem um plano? Precisa ser muito bom.

– Começaremos analisando o movimento das cargas de seda que chegam à Capital, para determinar a sua frequência.

– Então, vigilância nos vapores! – concluiu Abílio, mais confiante.

– Em paralelo, vamos acompanhar os preços nos mercados – acrescentou João Vasques. – Vai ser o nosso termômetro.

Uma pequena nota publicada no *Correio da Manhã* disparou o alarme. Modista das altas rodas queixava-se:

o "metro" da seda atingira preços estratosféricos às vésperas da temporada lírica.

João Vasques chamou o Conferente Aristides Moreira e lhe pediu uma análise das declarações de importação dos últimos meses. O objetivo: as cargas de seda. O que para alguns constituiria um mar desconexo de informações, aos seus olhos bem treinados oferecia pistas a seguir. Não demorou muito e algo lhe chamou atenção: uma carga de onze fardos de lã adquiridos por uma empresa não identificada da Capital. Vinha pelo Araraquara, procedente de Porto Alegre, com escala em Paranaguá.

O navio atracou diante do Armazém 11 e para lá foram João Vasques, Abílio Mendes Campos e o Guarda Gemiano Wanderley, sem esquecer dos repórteres encarregados de cobrir os assuntos da Alfândega, loucos por novidades. A presença do inspetor causou rebuliço pelo inesperado da situação.

– Quem é o fiel do armazém? – perguntou João Vasques.

– Sou eu! – Deu um passo à frente um homem grisalho, com uma cicatriz acima da sobrancelha.

– Qual o seu nome?

– Valdir dos Reis – ele respondeu, sibilando entredentes.

– Senhor Reis, por favor, abra os fardos para inspeção.

– A carga já foi conferida.

– Caso não se disponha a obedecer, o guarda o fará pelo senhor – disse João Vasques, com as mãos na cintura.

O ambiente tornou-se pesado, os dois homens mediam forças. Os trabalhadores do armazém, de cabeça baixa, temiam o pior. O fiel, sentindo que não conseguia intimidar o inspetor, ordenou:

– Abra, Maneco, com muito cuidado! – disse ele, dirigindo-se a um jovem auxiliar. – Essa lã é da melhor qualidade.

O rapaz trouxe um dos volumes para o centro do armazém e começou a retirar o envoltório. Todos os olhares convergiram para esse ponto. Uma primeira camada de lã, depois uma segunda e, quando tudo aquilo parecia um enorme engano, algo brilhou dentro do grande pacote: uma peça de seda cor-de-rosa. O inspetor deu um sorriso com ares de Howard Carter ao descobrir a tumba de Tutancâmon. Mais uma dezena de fardos foram abertos e se repetiu semelhante circunstância, não exatamente a mesma, porque o tecido se apresentava em outras cores e padronagens.

– Façamos agora o termo de apreensão – disse o inspetor antes de se retirar com a pequena comitiva.

Autorizados a entrar em campo, os repórteres fotografaram o armazém e os fardos com seus valiosos recheios. Pesavam, segundo cálculos feitos no local, cerca de novecentos quilos, valendo em torno de duzentos contos de réis.

Talvez as melindrosas não tenham ficado satisfeitas com o súbito aumento dos preços dos vestidos. A imprensa, porém, sempre tão crítica ao Governo, teve que reconhecer, desta vez, a atuação impecável dos funcionários da Alfândega.

19. Destino

O Rio de Janeiro parou naquela terça-feira. Havia grande expectativa em torno da festa cívica organizada por Edmundo Muniz Barreto, ministro do Supremo Tribunal Federal, e a Liga de Defesa Nacional. O motivo, uma extraordinária aventura capaz de arrebatar o povo brasileiro, fazendo vibrarem as cordas adormecidas do patriotismo.

Eventos desse calibre eram raros, o último ocorrera com o armistício da Grande Guerra. Quase dez anos depois, o campo de batalha se deslocou para os céus, onde os territórios a conquistar eram as distâncias intercontinentais. Nada mais justo que recepcionar em grande estilo os aviadores brasileiros e seus mecânicos responsáveis pela façanha de atravessar o Atlântico sem escalas. O *raid* Gênova–Santos, comandado com absoluto sucesso pelo aviador João Ribeiro de Barros, encheu a pátria de orgulho, embora ela em nada tenha colaborado para o êxito da viagem.

O piloto vendera a sua parte na herança paterna para dar asas ao sonho e comprou, na Itália, um hidroavião usado. Em homenagem à cidade natal, batizou-o de Jaú. Diante de reveses sucessivos, cogitou render-se, abandonar tudo. Um telegrama materno o compeliu a prosseguir, e esse decisivo gesto levou a Senhora Barros a ser incluída nas homenagens e receber uma placa da lavra de Rodolfo Bernardelli.

O pouso em solo brasileiro ocorreu no Recife, depois em Salvador e por último no Distrito Federal, sede de gloriosas instituições republicanas, civis e militares. Ao deixar para trás as capitais nordestinas, os promotores do grande evento assinalaram onde, de fato, se alojara o poder. O cortejo de sessenta e dois automóveis evidenciou a hierarquia social: no primeiro, vinham o representante do presidente da República e Ribeiro de Barros; no último, os diretores da União dos Foguistas.

O local para a amerissagem fora escolhido a dedo: a enseada do Flamengo, bem em frente ao palácio do Catete. Populares se colocaram em posições estratégicas, podendo ser os galhos de uma árvore ou a torre de um guindaste. João Vasques, morador nas proximidades, buscava um bom ângulo, quando reparou em um grupo à sua frente: uma senhora com um menino, um casal e uma jovem. Ele deu alguns passos e não pôde conter a palavra saída de um lugar bem fundo: Elizabeth!

Apesar do ruído em torno, aquela voz dizendo o seu nome a fez virar-se e perceber a mistura de espanto e alegria no rosto de João Vasques. Acenou para ele, convidando-o a se aproximar.

– Que bom encontrá-lo, Doutor Vasques!

– Um enorme prazer! – disse ele, com voz trêmula.

– Este é o meu filho, Guilherme.

– Os mesmos olhos azuis!

– Deve se lembrar de Armando, Conceição e Constanza. Agora são uma família.

– Claro, não mudaram nada.

Um clima amistoso se instalou, havia bons momentos a recordar, e cada um, à sua maneira, fez essa viagem ao passado.

– Mãe, olhe! – O menino apontou para o céu.

O Jaú se aproximava escoltado por quatro hidroaviões.

– Estão chegando! – disse Elizabeth.

– Nossos heróis! – acrescentou Constanza.

– Quando crescer, quero ser aviador! – disse o menino, atento às manobras aéreas.

Todos riram com a precoce decisão, mas era difícil não se empolgar em meio à festa. Guilherme, encantado com o espetáculo, agitava a sua bandeirola, como se o piloto pudesse vê-la da cabine.

Tão logo ocorreu o pouso em águas cariocas, a banda da Polícia Militar executou o Hino Nacional, enquanto os carrilhões das igrejas disparavam a tocar e se sobrepunham às notas musicais. Ouviram-se, simultaneamente, sirenas de barcos, buzinas de automóveis, chaminés de fábricas. Um festival de saudações, diriam os jornais no dia seguinte, tentando amenizar a balbúrdia sonora. Os homens tiravam e colocavam os chapéus, criando um movimento ondulante; as moças batiam palmas e as crianças mais afoitas davam pulinhos tentando enxergar por entre os corpos adultos. Ribeiro de Barros e sua equipe embarcaram em uma lancha rumo ao Arsenal de Marinha, de onde sairia o cortejo de automóveis para novos aplausos.

Aos poucos, a plateia começou a se dispersar, dirigindo-se à avenida Rio Branco, destinada à parte mais vistosa da festa. João Vasques pretendia ir à Caixa de Amortização juntar-se aos colegas, mas hesitou. O destino, os aviadores, ou quem quer que fosse havia lhe dado um presente. E agarrou a oportunidade:

– Convido todos a assistirem ao desfile no Centro, será emocionante!

Elizabeth olhou para Armando e Conceição. Eles também se entreolharam.

– Preferimos voltar para casa; podemos levar o Guilherme conosco – disse Conceição.

Elizabeth se viu em uma encruzilhada. Depois de alguns instantes e do semblante interrogativo de João Vasques, ela decidiu:

– Guilherme, vou deixá-lo com Armando e Conceição.

– Está bem, mamãe, mas não demore! – disse o menino, esfregando os olhos de cansaço.

Elizabeth fez um "sim", abaixou-se e o beijou na testa.

– Vamos! Os bondes já estão cheios! – disse João Vasques, apressando o passo.

Os ônibus e os carros de aluguel também ficaram apinhados. Mas nem tudo estava perdido: apareceu um bonde especial, destinado a cobrir o trajeto Glória–Centro–Glória. Apesar de não haver lugares disponíveis, eles se acomodaram perto do condutor, dispostos a viver uma inesperada aventura.

Saltaram na Galeria Cruzeiro, ponto final das linhas de carris, e dali em diante iriam a pé. Nas ruas principais, viam-se bandeiras verde-amarelas ao lado de portuguesas, espanholas, italianas. Seguiram pela avenida Rio Branco em direção à praça Mauá. No caminho, havia um garoto com uma bancada feita de uma tábua sobre dois caixotes. Olha o herói! Olha o herói! ele gritava com a energia dos seus dez anos. Sobre a madeira, bandeirolas vermelhas, a cor do Jaú, estampadas com o rosto de Ribeiro de Barros dentro de um círculo branco.

– Compra, senhora! – pediu ele. – São as últimas!

– Fico com duas.

A dupla seguiu abrindo espaço pela calçada repleta e volta e meia agitavam as novas aquisições. Com algum esforço, chegaram à esquina da rua Sete de Setembro.

– Lá vêm eles! – disse João Vasques. – Nem esperaram por nós!

– Vieram de automóvel; e nós, de bonde – disse Elizabeth, rindo. – Pelo menos, conseguimos encontrá-los.

O cortejo aberto pelos motociclistas da Polícia Civil conquistou o público. Das janelas, mocinhas jogavam pétalas de flores. O povo nas calçadas, portando estandartes e bandeiras, gritava "vivas", batia palmas. Aqueles homens eram tudo o que cada um na imensa assistência desejava ser: vencedores.

O cortejo se distanciava quando João Vasques propôs:

– Senhora Elizabeth, aceita uma xícara de chá?

– Com uma única exigência: me chame de Elizabeth.

– E, por favor, de João.

A Confeitaria Cavé encontrava-se praticamente vazia. O pianista, indiferente à pequena lotação da casa, tocava o choro *Odeon*. De comum acordo, escolheram uma das mesas próximas à parede de espelhos, onde suas imagens se multiplicavam, provocando risos. Tinham tanto a contar um ao outro, nem sabiam qual o ponto de partida.

– Como vai Madame Bertha?

– Minha tia faleceu há dois anos – ela disse com tristeza.

– De pneumonia, igual ao meu tio Sebastian. Permaneceu fiel a ele até nesse momento.

– Meus sentimentos, desculpe-me pela pergunta – disse João, aborrecido com o mau início.

– Não precisa se desculpar, é natural pedir notícias.

– Há anos não moro na Capital, retornei faz pouco tempo.

– Para ser inspetor da Alfândega?

– Alguém lhe contou?

– Li nos jornais: o caso dos fardos de seda.

– Ah! Fiquei famoso da noite para o dia.

– Estou morando na Pensão Suissa, minha tia deixou-me de herança. E você?

– Não muito longe: Hotel Wilson, praia do Flamengo.

– Se não me engano, é um hotel com as comodidades de uma pensão.

– Isso mesmo. Não preciso me preocupar com nada.

A chegada do garçom e sua bandeja foi recebida com exclamações de alegria. Ele trouxe um bule com chá de frutas acompanhado de leite, mel, açúcar, pãezinhos, manteiga e, para completar, *tartelettes* de limão. Deixou uma garrafa de água fresca e serviu o chá. João e Elizabeth, em meio ao vapor dispenso das xícaras, puderam perceber o afeto a circular entre eles.

– João, o que fez da vida em todo esse tempo?

– Nada de muito interessante. Passei vários anos em Londres, sem me acostumar com o jeito dos ingleses e das inglesas.

– Não se casou? – disse Elizabeth, atenta aos mínimos detalhes.

Ele fez um "não" balançando a cabeça.

– E você, Elizabeth? Além do casamento, não soube mais nada a seu respeito.

– Rodolfo me levou para o Mato Grosso. Um fim de mundo.

– Onde ele está? – perguntou João em voz baixa.

– Faleceu em combate, há dois anos.

João Vasques estremeceu, não só pela coincidência dos "dois anos", mas também pelo combate, não sabia que o Brasil entrara em guerra.

– Combate?

– Combatendo os tenentes.

– Poderia me contar, se não for muito doloroso?

– Meu marido, sob as ordens do Major Klein, comandava um comboio de caminhões. Perto de Anápolis, os revoltosos, escondidos no mato, atacaram o agrupamento. Foi a única vítima fatal.

João Vasques quis dizer uma palavra de consolo, mas se calou. Não conseguia lamentar essa morte. Aproximou-se mais de Elizabeth e, com delicadeza, ergueu o seu rosto pálido.

– Tudo isso é passado, existe um futuro pela frente. Apreciaria muito que você fizesse parte do meu futuro.

Elizabeth fitou João, olhos úmidos, talvez de dor, talvez de alegria, ou da mistura desses sentimentos. João entendeu o que se passava. Pediu a conta e saíram, ela dando o braço a ele.

20. Diversão

Ramiro encasquetou a ideia de levar o inspetor ao Reinado de Siva. Achava-o solitário, parecia nunca se divertir.

– Então, já pensou no meu convite?

– Olhe, Ramiro, não costumo dançar, talvez me sinta deslocado.

– De jeito nenhum! Quem não dança, troca ideias e toma umas bebidinhas. O ambiente é familiar.

– Tenho minhas dúvidas: serei um peixe fora d'água.

– Vai gostar, eu lhe garanto.

– Está bem. Se insiste, irei no próximo sábado.

– Esperamos o senhor.

O ajudante entrou logo depois e percebeu o inspetor distante, a ponto de não o ver chegar.

– Por onde andam seus pensamentos? – perguntou com ar brincalhão.

– Ah, sim! – João Vasques respondeu, retornando ao presente. – Acabo de aceitar, vou conhecer o Reinado de Siva.

– Está louco, homem?

– Ainda não – ele respondeu, rindo.

– O lugar é malvisto, costuma sair briga.

– Frequentado por gente trabalhadora.

– Com todo respeito, não fica bem o inspetor-chefe da Alfândega ser visto num antro desses.

– Imagine, meu caro Abílio, a Alfândega sem os estivadores.

– Talvez tenha razão. Mas, se o tal do Vagalume estiver por lá, toda a cidade vai saber.

– Depois eu lhe conto, quem sabe vá também – ele disse, piscando o olho.

– A escolha é sua. Não diga que não avisei.

A noite de céu límpido com pontinhos brilhantes convidava os poetas a derramar versos. Eram quase dez horas quando João Vasques desceu do automóvel em frente ao número 246 da Senador Pompeu. Na rua deserta, apenas um cão vadio a fuçar latas de lixo. O local era um sobrado antigo, pé-direito alto, semelhante a vários da região. No térreo, funcionava uma loja, àquela altura fechada. Ele subiu os degraus de madeira e pôde ouvir a música vibrante que se espalhava ocupando todos os vazios, inclusive o vão da escada. No salão bem iluminado, uma leve brisa penetrava docemente, lembrando, a quem pudesse esquecer: o porto é logo ali. Sobre o pequeno palco, um conjunto tocava animado. À volta, homens de um lado e, do outro, só mulheres. No meio, casais evoluíam com grande habilidade: os *habitués* da sociedade dançante. No lado oposto ao tablado, vendiam-se bebidas com um ligeiro sobrepreço, para ajudar na manutenção da casa.

Ramiro, quase irreconhecível no terno risca-de-giz com flor na lapela, foi ao encontro de um indeciso inspetor; ele acabara de ler, em uma placa, o lema da agremiação: "Divertir, divertindo-se". Levou-o à mesa reservada para ele, a da diretoria. João Vasques, que jamais frequentara um ambiente daqueles, olhava com atenção ao redor.

– Fique tranquilo, é tudo muito controlado.

– Espero.

– Inclusive, não permitimos par constante.

– Por qual motivo? – perguntou João Vasques, surpreso.
– Não seria uma intromissão na vida dos sócios?

– O senhor é um homem estudado, pode estar certo. Mas aqui acaba em confusão. É o danado do ciúme.

Logo depois, veio o Diretor Genivaldo Rodrigues; bastante popular, caminhou pelo salão cumprimentando a ala masculina. Uma honra receber a sua presença, disse ele fazendo um gesto largo com os braços. João Vasques aproveitou para matar a curiosidade:

– Diga-me, por que Reinado de Siva?

– Já esperava a pergunta – disse o diretor, dando uma boa gargalhada.

– É a divindade indiana? – arriscou João Vasques.

– Siva, na verdade, foi um pastor.

– Pastor? – repetiu João Vasques, incrédulo.

– Organizou os companheiros para lutar contra a tirania do Império Romano.

– Confesso, não sabia nada disso.

– Um herói, doutor, um herói.

– O que me intriga: um lugar de diversão com o nome de um rebelde.

– É tudo uma coisa só: diversão e luta. Numa casa só.

Dois homens se juntaram ao grupo. Ramiro apresentou o irmão Adelino e o sobrinho Pedro Paulo, vieram agradecer a ajuda.

– A vida dos senhores é muito dura e, no entanto, esbanjam alegria. Qual o segredo?

– Aproveitamos cada momento – disse Pedro Paulo.

– Pensando bem, o Reinado de Siva é um Reinado de Sábios – concluiu João Vasques.

Fez-se uma pausa, precisavam esquecer, nem que fosse por um momento, as agruras da vida. Ramiro acenou para Jorginho, o rapaz do balcão, trazer canecos de chope. "Por conta da casa."

No Reinado de Siva, e em muitas outras sociedades, a grande maioria era de pessoas negras, sócios e convidados, inclusive o diretor. Homens e mulheres vestiam-se com esmero, os bailes eram ocasiões especiais na vida desses trabalhadores.

Genivaldo, Adelino e Pedro Paulo esvaziaram os canecos e pediram licença, restando Ramiro junto ao inspetor.

– Não vai tirar uma dama? – provocou Ramiro.

– Já falei, não sou bom de dança.

– Temos aulas de noite: terça e quinta.

– Nem pensar – disse João Vasques, reforçando a negativa com as mãos. – É tarde para aprender.

– Se não se importa, vou dar um giro pelo salão.

O conjunto terminou de tocar uma polca e seguiu com um maxixe, a dança que escandalizava meio mundo e atraía a outra metade. Os casais entregaram-se à música e seus requebros, espalhando graça e sensualidade. Dentre eles, um sobressaía pelo entrosamento: Ramiro da Silva e uma bela jovem em seu vestido branco enfeitado de rendas. Com muita classe, foram se aproximando do centro do salão. Os pares abriam espaço aos volteios da dupla, que de tão juntos pareciam um só corpo. Neste momento, nada mais existia a não ser o ritmo atrevido a contagiá-los da cabeça aos pés.

Ramiro voltou e João Vasques deixou escapar:

– Você é um artista!

– Dançar com a Florinda é o segredo. Não existe ninguém em todo o Rio de Janeiro que me acompanhe tão bem. Somos imbatíveis!

– Fiquei encantado com os músicos. Qual é o nome do conjunto?

– Adivinhe! – disse Ramiro, com ar brincalhão.

João Vasques aceitou o desafio impossível. Pensou um pouco e deu um palpite:

– Os Cobras da Cidade Nova.

– Gostei! O nome não é esse, mas a ideia é a mesma. E não são da Cidade Nova porque agora são do mundo, vão tocar no estrangeiro.

– Ah, sim, internacionais – disse João Vasques, surpreso.

– Os Oito Batutas – revelou Ramiro.

– Oito? Não seria melhor Os Batutas? E se um deles cair doente?

– O que não falta por aqui é músico bom.

– E, falando em músico, o jovem da flauta é formidável.

– Tem razão. Seu nome é Alfredo, mas chamam de Pixinguinha, não sei por quê.

– Apelidos são assim mesmo, um mistério.

O conjunto fez um intervalo. Os pares se desmancharam. Homens foram providenciar bebidas; mulheres, retocar a maquiagem. Ramiro acenou para Jorginho trazer mais chope. Um bate-boca irrompeu junto ao balcão: dois fortes rapazes começaram a discutir, depois a se provocar com ameaças de "me aguarde!". O motivo, o de sempre: ciúmes. Os fiscais de salão correram para o local. Ramiro, embaraçado, tentou distrair o inspetor, que, assim como todos os presentes, desejava se inteirar do acontecimento. Um homem negro, vestido diferente da maioria – terno xadrez e gravata borboleta – chamou a atenção de João Vasques. Tinha nas mãos um lápis e um caderninho.

– Quem é o homem de terno xadrez junto ao balcão?
– É um tal de Francisco, chamam de Vagalume. Costuma aparecer, escreve nos jornais.
– Meu caro Ramiro, obrigado por me convidar, foi tudo muito bom, mas tenho que deixá-lo. O motorista me espera.
– O melhor ainda vem, é na segunda parte.
– Amanhã cedo tenho compromisso de família – disse João Vasques, arrumando o paletó.
– Até segunda! – respondeu Ramiro, ainda surpreso com a súbita retirada.

Do balcão, "o homem que escreve nos jornais" notou a figura do inspetor, destoante do conjunto de frequentadores. Quis saber com Jorginho:

– Quem é o "bacana" descendo as escadas? – perguntou por sobre o balcão.
– Não conheço, veio pela primeira vez.
– Quando souber, me diga – e o homem entregou uma nota dobrada ao rapaz.

Vagalume sorriu satisfeito, farejava um tremendo furo.

21. Discórdia

Na Alfândega, perdia-se muito tempo com os recursos às multas, usados pelos infratores para adiar o inevitável pagamento. Não raro incluíam um bilhete, escondido em meio aos papéis, sugerindo à autoridade aduaneira pensar duas vezes. Naquela manhã, João Vasques recebeu um processo com uma dessas famigeradas mensagens escrita de próprio punho em cartão timbrado de casa legislativa. Ganhei a sorte grande! reagiu com ironia. Suspirou e abriu um dos volumes. Horas depois, percebeu, pela sombra projetada sobre o chão, faltar pouco para o sol se pôr a pino. Boa parte do dia se perdera sem trabalhar no seu grande objetivo: o incremento das rendas aduaneiras.

– Doutor Vasques, Doutor Vasques, preciso lhe falar!

– Que aflição é essa? – O inspetor levantou os olhos cansados.

– Uma discussão no Armazém de Bagagem.

– Ora, Abílio, se eu for me importar...

– Não é pouca coisa; tem um figurão esbravejando com Orellana.

– Joaquín Orellana, o príncipe dos conferentes?

– Exato.

O inspetor colocou os papéis de lado e fez sinal para o ajudante se sentar, a conversa prometia.

– Tudo começou, assim me contaram, quando o Deputado Tonico Bezerra desembarcou abarrotado de malas, vindo de Paris – disse Abílio após tomar fôlego.

– O que fez Orellana?
– O que lhe compete: pediu para ver o conteúdo.
– E então?
– Ele se negou.
– E Orellana?
– Foi taxativo: ou abrem as malas, ou serão apreendidas.
– Que confusão!

Um homem adentrou sem ser anunciado, como se estivesse no palácio Tiradentes. Ignorando todos os protocolos, aproximou-se do inspetor com a maior velocidade que suas pernas curtas lhe permitiam. João Vasques ergueu-se, braços cruzados.

Tonico Bezerra, legítimo representante da aristocracia fundiária, era um homem de estatura baixa, adentrado em anos, com uma calva redonda no alto da cabeça. No rosto, sobressaía o nariz avantajado, ao qual atribuíam o excelente olfato capaz de distinguir, a uma certa distância, os melhores vinhos. Entre os dedos amarelados, um charuto fumegante.

– Senhor inspetor, acabo de ser maltratado no Armazém de Bagagem.
– Acho difícil, nossos conferentes são escolhidos a dedo.
– Afirmo! Não foi assim!
– Vamos aos fatos.

Abílio ofereceu a cadeira onde se encontrava sentado e trouxe outra para si. A experiência lhes ensinara: era preciso haver testemunha nessas situações delicadas.

– Desembarquei em companhia da Senhorita Maria Rosa dos Anjos, prima em segundo grau. Aguardamos uma eternidade para nossas bagagens serem levadas ao armazém, e nesse aguardo sequer nos ofereceram água ou café. O conferente chegou e assumiu uma atitude de *lord* britânico, talvez devido aos olhos verdes, embora tivesse a pele de caboclo do norte.

– Por favor, os fatos.

– O *lord* britânico contou as malas, em voz alta, uma por uma. Em seguida, olhou fixamente para elas, em uma espécie de transe, e pediu para abrir a menor, justo a do fecho complicado, pertenceu à avó da minha prima.

– Então...

– Recusei-me, é claro. Na qualidade de parlamentar, tenho imunidade.

Inspetor e ajudante se espantaram com o argumento.

– Onde está o amparo legal para essa tal imunidade? – disse o inspetor.

O deputado acabava de soltar mais uma baforada e quase se engasgou com o atrevimento.

– Para os diabos com o amparo legal! Tenho imunidade e ponto!

– Lamento. As malas serão retidas até o conferente examinar não só o conteúdo de uma, mas de todas.

– Olhe que está a mexer com um prócer da República!

– Peço-lhe, vá para casa, reflita e retorne amanhã às dez horas, com a senhorita. A bagagem, depois de lacrada, irá para o depósito. Meu ajudante e eu acompanharemos o procedimento. Fique tranquilo, não haverá repórteres.

Tonico Barbosa avistou um cinzeiro e apagou com força o charuto sobre a estrela azul pintada no fundo.

– Passem bem, senhores – disse ele e, na mesma pressa da entrada, deixou o gabinete.

João Vasques precisava se resguardar de possíveis reações.

– Chame o Orellana.

– Vai gostar de conhecê-lo – disse Abílio. – Além de funcionário exemplar, é compositor e poeta.

– Não sabia que temos pessoas assim.

– A Aduana é um mundo. Aqui, se encontra de tudo.

– É verdade, não paro de me surpreender.

Joaquín Orellana era um homem alto, rosto comprido, testa larga e cabelos crespos penteados para trás com gomalina. À frente do olho direito, usava um monóculo. Alguns duvidavam de sua utilidade, porém o objeto lhe conferia inegável distinção. Gostava de se vestir com ternos impecáveis, "para representar bem o Governo", dizia zombeteiro.

– Perdão pela demora, hoje foi um dia movimentado.

– E com emoções fortes – acrescentou Abílio.

– Meu caro Orellana, recebemos a visita do Deputado Barbosa, ele saiu daqui bufando – disse o inspetor.

– O homenzinho queria que eu fizesse vista grossa para o tanto de malas trazidas de Paris.

– Falou de uma pequena, presente da avó da prima – disse Abílio.

– Tenho minhas dúvidas se a moça é mesmo prima – disse Orellana, com um sorriso.

– Sério? – disse o inspetor.

– Chegaram bem ensaiadinhos, mas acabaram se traindo.

– Enfim, é apenas um detalhe – disse Abílio.

– Propus a ele retornar amanhã, às dez horas, com a suposta prima – disse o inspetor.

– Virá mais calmo – disse Orellana. – Nada melhor do que uma noite de sono para refrescar as ideias.

Inspetor e ajudante chegaram ao armazém no horário combinado. O conferente os aguardava. Precavido, mandara trazer as malas do depósito, dispostas em fila indiana.

– Tenho uma dúvida – disse João Vasques. – O deputado virá?

– Com certeza – disse Orellana. – Conheço bem o tipo. Apesar da arrogância, tem muito a perder em caso de apreensão. Só pelo número de volumes, dá para ver, gastou um bom dinheiro.

– Será uma pena se tudo terminar em leilão – disse Abílio com falso sentimentalismo. – A prima ficará desolada.

Não demorou muito e adentraram o deputado e a senhorita. Ele primeiro, ela depois, um palmo mais alta. A moça era graciosa, trazia os cabelos *à la garçonne* escondidos sob o chapéu *cloche*. Olhos delineados com kajal e lábios vermelhos se destacavam no belo rosto. Ao pescoço, uma fina corrente de ouro com pingente de pérola, apoiado placidamente sobre o farto colo exposto pelo decote em "v".

O inspetor informou à dupla de viajantes que seriam abertos todos os doze volumes.

– Aquela, por favor – Orellana apontou a valise de cor vinho.

A moça trocou olhares com o deputado e só depois retirou uma chavinha da bolsa pendurada em um dos punhos. Apesar dos vistosos anéis, as marcas nos dedos sugeriam que, no passado, haviam se dedicado a trabalhos exaustivos. Após alguns movimentos, acompanhados por todos com muita atenção, a fechadura cedeu. O interior da valise, ao receber a luz natural refletida pela claraboia, emitiu um brilho inconfundível.

– A senhorita pretende abrir uma joalheria? – disse Orellana.

– Oh, não! São coisas de família.

– Que atravessaram o Atlântico, ida e volta.

– Ah, é uma história... – ensaiou explicar com voz adocicada.

– Sim, senhorita... – disse Orellana, ansioso.

Fulminada pelo olhar de reprovação do *partner*, ela respirou fundo e se calou.

Conforme os volumes iam sendo abertos, surgia, semelhante a um espetáculo circense, uma profusão de roupas, perfumes, xales e adereços. Tudo com etiquetas francesas.

– A Galerie Lafayette deve ter ficado encantada com a senhorita! – disse Orellana, saboreando o constrangimento dos dois.

– Poupe-nos de seus comentários – disse o deputado, mal se contendo naquele ritual humilhante.

Orellana percorreu, circunspecto, a fieira de malas como se fossem túmulos a serem reverenciados. Depois, tomou distância, ainda com os olhos nos volumes. Rezava para o deus das bagagens? Por fim, retirou o talão do bolso e preencheu uma das folhas, com letra de forma.

– Doutor Barbosa, aqui está o cálculo do imposto a pagar. Por hoje, sem multa. Dirija-se à coletoria.

– O senhor ainda está no lucro – disse Abílio, percebendo a revolta no rosto contraído. – Imagine se fosse comprar todo esse enxoval no Ponto Chic.

Tonico Barbosa reagiu com um tremor do corpo à ideia de que, a partir daquele momento, devia alguns contos de reis aos cofres públicos. Apertou com força o pedaço de papel, formando com ele uma bola.

– Aconselho desamassá-lo – disse João Vasques. – O valor aumenta a cada dia.

A senhorita, até então em segundo plano, aproximou-se do deputado e, com jeito, conseguiu abrir-lhe a mão, salvando a dívida de um quase aniquilamento.

– Amor, vamos! – ouviu-se o comando em tom firme.

– Isto não vai acabar assim! – bradou Tonico Barbosa, deixando o armazém a reboque da moça.

Os funcionários saíram exaustos, inclusive Orellana, o mais acostumado a esses enfrentamentos. Caminharam à beira do cais, em busca do ar marinho. João Vasques aproveitou para se informar:

– O nobre conferente tem fama de boêmio. Conhece o Reinado de Siva?

– Só de nome. O senhor gostou?

– Como soube?

– Saiu na coluna do Vagalume.

João Vasques se encolheu, acabava de receber um banho de água fria.

– Parece que eu estava adivinhando – disse Abílio.

– Fique tranquilo, inspetor – disse Orellana, percebendo o motivo do embaraço. – A *Gazeta* é popular, autoridades leem outro tipo de jornal.

– Assim espero. Não preciso de mais problemas.

22. Acaso

O céu do mais puro azul com tufos brancos e simétricos tornara-se a moldura perfeita para um grande acontecimento. Aníbal, o chefe do clã Vasques desde a morte de Didu, reuniu a parentada em torno do batizado da pequena Irene, primogênita do segundo e feliz casamento. O local escolhido por Aretha, a mãe, não poderia ser mais carregado de simbolismo: a Igreja de Nossa Senhora do Outeiro da Glória.

João Vasques desceu do automóvel e consultou o relógio: faltavam quinze para as dez. Deteve-se diante do gradil de ferro datado de 1841: o que teria ocorrido de tão importante nesse ano? Havia também o seu próprio passado; desejasse ou não, ele batia à porta. Sentiu a carícia do vento e, prevenido, enterrou o chapéu. No passeio, folhas secas se juntavam a seus pés por obra de invisível varredura. Em meio a esse aglomerado em tons de marrom, havia um papel amarelo, com a palavra FAMÍLIAS ao centro. Curioso, retirou-o do ninho improvisado e, tendo lido a mensagem, quase caiu para trás. Atravessou o portão e venceu ligeiro todos os degraus até o pátio, onde familiares e amigos conversavam, em círculos maiores ou menores; crianças se distraíam correndo e, eventualmente, ralavam os joelhos na pedra áspera.

Aníbal, o segundo dos irmãos Vasques, tornara-se profissional bem-sucedido. Tinha o espírito empreendedor do pai e se dispôs a traçar caminho próprio de realizações na Medicina. Começou atendendo em farmácias, consultórios alugados, até reunir residência e trabalho em um único endereço, na rua Gomes Freire. O ponto alto da carreira foi o Instituto de Fisioterapia, criado com a irresistível promessa de combater as mais variadas doenças sem uso de medicamentos internos. Para os invejosos, tratava-se de puro charlatanismo, mas a clientela não parava de crescer.

Vista do Outeiro, a baía da Guanabara mostrava-se deslumbrante. João Vasques caminhou em direção à murada atraído pelo brilho do cenário tantas vezes reproduzido pelos artistas estrangeiros: o Pão de Açúcar, majestoso, puxando uma fieira de montanhas, enquanto gaivotas seguiam o movimento dos cardumes e vapores soltavam fumaças redondas a se unir caprichosas ao estampado do céu.

Olívia acabara de chegar e, à distância, também se pôs a apreciar a paisagem. Moça de físico delicado, os cabelos cor de fogo movimentavam-se ao sabor do vento e quase lhe cobriam as feições muito brancas com sardas nas bochechas.

– Meu querido João, em que pensavas, tão absorto?

– Tantas cenas...

– Hoje é dia de festa, nada de tristezas.

– Pelo contrário, estou me reconciliando com as minhas lembranças.

– Estás muito filosófico, isto sim! – disse Olívia, levando-o pelo braço para junto da parentada.

Aníbal saudou-os com o seu entusiasmo característico. Juntos, foram ao local onde se encontravam Álvaro e Elenice, os padrinhos. Dos irmãos, Álvaro era o quarto e herdara o talento para os negócios. Graduado em Farmácia, foi natural que se tornassem parceiros, Aníbal e ele, na produção de remédios inovadores.

O badalo das dez soou retumbante. Os convidados apressaram-se, mas nem todos encontraram lugar dentro da igreja: o espaço era acanhado para tanta gente. Nossa Senhora, ricamente vestida pela Imperial Irmandade, presidia a cerimônia com o menino Jesus ao lado, sem um braço a sustentá-lo, uma façanha apenas alcançada por deuses e artistas.

Irene era uma bela criança com uma penugem loura a prometer cachos no futuro, caso saísse à mãe. Comportou-se muito bem, até na hora da água benta. O pai, orgulhoso, encheu o peito: é uma Vasques, sem dúvida! Reclinada no colo da madrinha, passou a mão sobre os olhos, deu um bocejo e caiu no sono, ignorando os elogios à sua volta.

Após a cerimônia e os cumprimentos de praxe, um almoço esperava os Vasques na rua Gomes Freire.

– Vamos andando? – sugeriu Olívia.

– Não posso ir – disse João e retirou um papel do bolso, entregando-o à irmã.

RESTAURANTE DAS FAMÍLIAS

Pensão Suissa, rua da Glória, n. 50

CARDÁPIO RENOVADO

Não percam!

REABERTURA NESTE DOMINGO

– Entendo.

– Pede a Aníbal e Aretha não me levarem a mal.

– Assim farei.

Antes de se retirar, João Vasques contornou a igreja, detendo-se no ponto de onde era possível avistar, em tamanho minúsculo, a janela do quarto que por tanto tempo ocupara. Depois, desceu a ladeira devagar, observando casas, portões, muros de arrimo, tal qual um arqueólogo ansioso por neles reconhecer vestígios de uma antiga vida.

Fazia anos não passava pela rua da Glória. A Pensão Suissa tornara-se mais triste, com as letras da fachada desbotadas. Apenas a tabuleta do restaurante era nova. Em uma das janelas do segundo andar, um menino – só podia ser o Guilherme – tentava empinar uma pipa improvisada com papel de embrulho. Vai cair dali, murmurou aflito, até ver Constança por perto.

Puxou o cordel do sinete devagar, e ainda assim ele se moveu escandaloso. Armando abriu a porta: Seja muito bem-vindo! João Vasques deu alguns passos e se deteve. O ambiente lhe provocava uma cascata de recordações. Observou cada detalhe, conferindo o que era e o que não era do seu tempo. Foi em direção ao restaurante, e seria impossível não se lembrar do dia da inauguração, quando saíra frustrado por obra e graça do tenente. No vestíbulo, uma bela imagem: sentada em uma poltrona, uma figura de mulher, da qual se viam apenas as pernas muito brancas e os sapatos pretos de salto alto. Talvez perturbada por algum problema – ele deve ter pensado – e se aproximou bem devagar:

– Precisa de ajuda?

Elizabeth, que apoiava a cabeça com o braço sobre o espaldar, voltou-se e lhe dirigiu um sorriso, o mais belo sorriso dos últimos tempos.

– João!

– Perdoe-me, não desejava atrapalhar.

– Pelo contrário.

Ela ergueu-se, ajeitando os cabelos, e tomaram a direção do restaurante. A João, ela destinou sua melhor mesa. Volto mais tarde para acompanhá-lo, disse com aquele sorriso encantador. O espaço pouco mudara. João Vasques sentiu o efeito do tempo, que vai moendo objetos e até pessoas, como Madame Bertha. Onde estaria o Senhor Loredano? E o Senhor Carvalhosa?

Conceição aproximou-se e, compenetrada da importância de seu novo papel, entregou-lhe o cardápio.

– É novo, doutor, Davina caprichou.

– Davina! – ele repetiu, buscando um registro na memória. – Ah, sim! Como vai?

– Muito disposta, apesar da carapinha branca.

Clientes foram chegando em grupos e logo o salão achava-se repleto. João Vasques deu um suspiro, desta vez não passaria pelo dissabor que o marcara, a ponto de não mais retornar àquele local. Todo o seu rosto se iluminou. O tempo levara o tenente.

Pediu a "sugestão do chefe": salada verde de entrada; iscas de filé à brasileira com batata *rösti*. Para acompanhar, uma taça de vinho tinto produzido no Vale do Douro. Diversos clientes fizeram a mesma escolha, e o cheiro da carne bem temperada se espalhou pelo ambiente. Elizabeth circulava pelo salão, desdobrando-se em oferecer o mais adequado a cada paladar. Atenção é tudo, ela acreditava.

João Vasques seguia-a com os olhos; em algum momento chegaria a sua vez.

Em bando vieram os clientes e assim também se foram. Elizabeth trouxe uma bandeja com duas xícaras de café. João, ansioso, esperava por ela.

– Demorei muito?

– Não... Claro que não!

– Fiquei feliz em vê-lo! Mas quem lhe falou do restaurante?

– Encontrei por acaso um panfleto na entrada do Outeiro.

– O que fazia por lá tão cedo?

– Vim ao batizado da minha sobrinha Irene, filha do Aníbal. Tudo perfeito!

– Acredito. Se for tão bom na organização quanto é no consultório, deve ter sido uma cerimônia muito bonita.

– Meu irmão Aníbal é um vencedor.

– Olhe para você, João. Não é qualquer um que se torna inspetor-chefe da Alfândega.

– Meu cargo é incerto, sujeito a muitas pressões.

– Não tinha pensado por esse ângulo.

– Sinto falta de algo nesta sala – disse ele, pensativo. – Já sei: o quadro do jovem pintor.

– Minha tia o vendeu. Ela fechou o restaurante e precisava de dinheiro.

– Uma pena. Era o destaque do salão.

– Às vezes temos escolhas difíceis pela frente – disse Elizabeth, mirando o espaço vazio na parede.

Com uma troca de olhares, combinaram não desperdiçar esse novo encontro.

– Gostaria de voltar ao concerto do Municipal. Como deixamos tudo aquilo acontecer? – disse João com tremor na voz.

– Fui uma boba levada pelo orgulho.

– Admiro o seu cuidado em poupar o tenente! Não é porque foi seu marido que deixou de ser um crápula! – disse João, passando ao tom de pele vermelho.

– Eu permiti.

– Pode ser, mas ele arquitetou um plano de assalto muito bem-feito.

– Aprendeu com os alemães. Por ironia, não foi capaz de salvar a própria vida.

– Conseguiu fazê-la feliz? Se disser *sim*, talvez possa me lembrar dele com menos raiva.

– Ele me prometeu maravilhas, era muito incisivo.

– Como pôde acreditar nesse homem? Tem o dedo de Madame Bertha nessa história.

– Ela me aconselhou a desposá-lo, não posso negar, achava Rodolfo um homem de futuro.

– Ao contrário de mim.

– Era o que ela dizia. – Elizabeth desviou o olhar. – Mas a decisão foi minha.

João Vasques apertou os lábios, bloqueando a saída de palavras fortes.

– Rodolfo mostrou-se um homem muito difícil de conviver, podia explodir a qualquer momento.

– Um fracasso de casamento!

– Eu me consolava com o pequeno Guilherme.

– Uma pessoa arrogante, no fundo, será sempre uma pessoa arrogante.

– É verdade – disse ela, achando graça do raciocínio.

João segurou a mão de Elizabeth e lhe dirigiu um olhar carinhoso. Emocionados, pareciam dar-se conta: tudo podia ter sido diferente, bastaria um gesto, uma palavra, ou alguns passos no corredor.

Elizabeth levantou-se e o levou à sala de visitas.

— Agora, fale-me de você.

— Já lhe contei da outra vez: nada de especial.

— Quando voltou?

— Um pouco antes de o aviador pousar na praia do Flamengo. Encontrá-la foi um grande, um enorme acontecimento.

— Para mim também. Vi que simpatizou com o Guilherme.

— Gosto de crianças, mas não tive filhos. Podemos criá-lo juntos.

João levantou-se, estendeu os braços e a trouxe com delicadeza para perto de seu corpo. Abraçou-a, aproximou seu rosto ao dela, e um terno e demorado beijo selou de vez o reencontro.

23. Vespeiro

Chegou cedo à Alfândega, ainda sob o domínio das mocinhas da limpeza, entre conversas e risos. Pediu café bem forte. Não conseguira dormir, confidenciou o inspetor. Sobre a mesa, o exemplar de *A Manhã*, cortesia de Mário Rodrigues. Publicado em primeira página, o editorial enigmático: "Lógica do êxito". Quem teria obtido sucesso? Correu os olhos e descobriu, surpreso, referir-se a ele próprio. Um enorme elogio. Era sobre o aumento da arrecadação, apesar da crise econômica. Deveria ter ficado eufórico, mas não ficou, ou não deixou transparecer.

Havia dado um passo mais ousado em sua cruzada para incrementar as rendas aduaneiras. A bem da verdade, ele (o passo) flutuava, ainda não conseguira pisar o chão. Retirou o paletó e o pôs no cabide. No lavabo, viu refletida no espelho a figura de um homem tenso, envelhecido. Moveu a torneira, molhou as mãos e refrescou o rosto. Quieto, viu a água com as suas gotas de suor descerem, rodopiando, pelo ralo da pia.

A estratégia era simples. Uma comissão escolhida entre os melhores funcionários fora criada para rever os despachos de importação dos últimos anos. João Vasques suspeitava de que empresas fugiam dos impostos com base em isenções fictícias. Multas seriam aplicadas e produziriam, tal qual uma cornucópia mitológica, dezenas de contos de réis fluindo para os cofres públicos. Só não contava com o acaso, e algo inacreditável aconteceu: o seleto grupo começou a brigar entre si, ou melhor, um dos integrantes – Humberto de los Ríos, bacharel ambicioso e um tanto esnobe – decidiu ignorar as instruções do inspetor. O impasse só foi resolvido após desgastante processo para afastá-lo; ele possuía contatos políticos e resistiu o quanto pôde.

Equacionado o problema, a comissão retomou os trabalhos. Foram muitas semanas desarquivando antigos despachos, examinando uma enorme quantidade de documentos e anexos, alguns quase apagados, um trabalho digno dos melhores detetives.

– Saiu o relatório! – disse Abílio, com um maço de papéis na mão.

– Enfim!

– Veja só: empresas alegam isenção e não pagam imposto; depois, desembaraçam as mercadorias e esquecem (ele falou com ênfase a palavra) de apresentar documentos comprovando o direito.

– Não me surpreende.

– Sabe quantos termos foram encontrados sem fechamento?

– Uns cinquenta, aposto.

– Seiscentos e vinte e oito, em um período de sete anos – respondeu Abílio, brandindo o relatório, o absurdo dos números saltava das folhas de papel.

– Não é possível! As empresas têm no máximo noventa dias para encerrar o procedimento.

– Mas não encerram, deixam em aberto.

– Vamos notificá-las.

– Posso ler alguns nomes?

João Vasques fez com a mão um gesto de "siga em frente".

– Com mais de cinquenta pendências, temos uma lista bem exclusiva – disse Abílio, dando um risinho. – Se não, vejamos: Companhia Nacional de Navegação Costeira (a campeã, com cento e quarenta e quatro); depois vêm a Rede Viação Sul-Mineira, a Companhia de Navegação Lloyd Brasileiro, a Leopoldina Railway, a Ouro Preto Gold Mines of Brazil...

– Já entendi. Tudo peixe grande.

O ajudante concordou, balançando a cabeça.

– Ao todo, deixaram de pagar uma fortuna! – disse o inspetor, com o cenho franzido.

– Dezenas de contos de réis.

– Um absurdo! E o país precisando desse dinheiro...

– Então, preparo as notificações?

– Dê-lhes oito dias para resposta, não mais.

Abílio ainda se encontrava no gabinete, e ambos presenciaram a entrada do escriturário Antônio Pacheco e do guarda aduaneiro Miguel Ângelo; vinham agitados, falando alto. Comunicaram, orgulhosos, a apreensão de quase duas toneladas de carvão trazidas pelo vapor Baldwin e levadas para a ilha dos Ferreiros, sede da Brazilian Coal. Alegando uma isenção (sem ter direito), a companhia não pagara imposto.

– Por que justo as grandes empresas são as que mais cometem ilícitos? – desabafou o inspetor.

– Se fizessem tudo certo não seriam grandes empresas – disse Antônio Pacheco.

– Essa é boa!

Tal qual um espetáculo de variedades, as atrações se sucediam. Pouco antes de terminar o expediente, Abílio retornou apressado.

– Preciso lhe falar.

– É urgente? – disse o inspetor, exausto pelos acontecimentos do dia.

– Notifiquei algumas empresas do grupo das campeãs, e as reações não foram das melhores.

– Só isso? – disse João Vasques, dando de ombros. – Deixe que esperneiem. Ao final terão de pagar a multa.

– Não é tão simples – contrapôs Abílio, sentando-se à frente do chefe.

– Simples não é.

– O diretor da Leopoldina Railway esbravejou e vai falar com o ministro. Moverá céus e terras se for preciso.

– Logo a "Leopardina", famosa por sonegar impostos?

– Ela mesma. Imagino que outras também.

– Temos as nossas razões. A imprensa ficará ao nosso lado.

– A título de lembrança – disse Abílio, erguendo o indicador. – O Doutor Getúlio deixou o Governo.

– Félix Dumont é homem de princípios.

O ajudante calou-se. Podia-se ler em seu rosto: não havia otimismo.

– Por hoje, foram muitas emoções – disse João Vasques. – Precisamos descansar.

Antes de sair, o inspetor aproximou-se da janela. O sol se retirava projetando uma combinação de amarelos, rosas e laranjas. Observou as gaivotas a rodear um barco pesqueiro, aguardando o momento certo para obter alimento fácil. Permaneceu ali, vendo os peixes aprisionados serem cobiçados pelos pássaros negros. Venceria o mais forte, desde sempre foi assim, ou, quem sabe, os pescadores atirariam ao mar alguns peixes menores, para satisfazer os predadores e seguirem em paz.

24. Interregno

Os dias na Alfândega se transformaram desde que grandes empresas foram notificadas. Na antessala, o contínuo passou a organizar a fila de emissários buscando solução alternativa, um eufemismo para não cumprir a lei.

Ramiro bateu à porta, trazendo no rosto uma expressão alegre e incompatível com o ânimo geral. Trouxe a encomenda, ele disse, mostrando um embrulho bem-feito; lembrava os de Dona Manuela, sem os alfinetes. O inspetor, ainda atordoado pelas pressões do dia, demorou um pouco a sair do poço dos problemas e subir à superfície. Depois, mais alguns minutos para se conectar com a vida pessoal.

– A pipa?

– Feita pelo meu sobrinho, o melhor "pipeiro" da Cidade Nova. Pode ver o capricho.

– Não vou mexer, não quero estragar – disse João Vasques, reforçando as palavras com um movimento da mão. – Vou entregá-la ainda hoje.

Tratou de se apressar para encerrar o trabalho – tinha um bom motivo – e pediu para chamar o motorista. Levava o embrulho junto ao corpo, no banco de trás. Partiram para a rua da Glória. Um sorriso no rosto do menino ajudaria a amenizar o cansaço.

– Que bons ventos o trazem, João? – disse Elizabeth ao abrir a porta.

– Não são ventos, mas algo que precisa de ventos.

– Um enigma?

– Chame o Guilherme, ele vai decifrar.

Não demorou muito e o menino descia as escadas, ou melhor, escorregava pelo corrimão da escada. Elizabeth, com ar severo, não disse palavra. Ele entendeu: desculpe, mamãe.

– Guilherme, trouxe para você.

– Para mim? – ele perguntou, com os olhos brilhando.

– Espero que goste! – disse João Vasques, ansioso.

Guilherme deu uma volta pela mesa de jantar, onde se encontrava o embrulho, e viu a ponta de alguma parte saindo pela dobra do papel.

– Já sei! – disse, dando pulinhos.

– Abra! – encorajou a mãe.

Pacote desfeito, surgiu uma pipa toda colorida, para contrastar com o azul do céu. Junto vinha o rolo de linha sem cerol.

Elizabeth aprovou. Só assim ele largaria as brincadeiras de estilingue com os moleques da rua. Guilherme, eufórico, não lhe deu atenção. Subiu correndo as escadas, chamando pela amiga: Constanza, olhe o meu presente!

– Também tenho uma novidade, disse Elizabeth, apontando o canto da sala, onde repousava um vistoso gramofone.

João Vasques aprovou o inusitado objeto.

– Comprei dos filhos do Seu Ananias, falecido há pouco – ela disse com tristeza. – Venderam tudo para pagar as dívidas do pai.

– Funciona?

– Ele era meticuloso, a casa parecia um museu.

Elizabeth pegou um disco e o pôs a tocar. Sentaram-se no sofá. O som do piano se espalhou pelo ambiente, a ternura envolveu os corações. *Prelúdio n° 4*, de Chopin. Cúmplices, conversavam sem palavras. Quando a última nota se despediu, permaneceram imersos nesse mundo de delicadeza.

– Temos o direito de sermos felizes, não é mesmo? – disse João Vasques.

– Temos e devemos! – disse Elizabeth com entusiasmo.

– Venho trabalhando muito, passo boa parte do meu dia às voltas com problemas que não caminham, parecem gavetas emperradas.

– Ânimo, João, uma hora aparece o marceneiro.

– Já tive mais certeza, agora nem tanto.

– Voltando à felicidade...

– Quando tiver uma folga, e se for do seu agrado, e do Guilherme também, vou conversar com o Padre Amarante, lá no Outeiro.

– Sobre? – ela perguntou, com atenção redobrada.

– Os papéis do casamento.

– Tem o nosso "de acordo" – disse Elizabeth, abraçando João. – Precisa assinar e carimbar?

– Não, neste caso – ele respondeu, rindo da brincadeira. – Marcamos a data para o mais breve possível.

25. Arapuca

A tarde caía na Lapa. Trabalhadores retornavam às suas vidinhas e no sentido inverso apareciam os primeiros boêmios. O bonde soltava gemidos equilibrando-se pelo Aqueduto, com sua carga de pingentes sem dinheiro. Sobre a porta, a tabuleta: TOCA DA RAPOSA. Reparei nas garrafas de vinho barato penduradas em cachos nas paredes; temi que uma delas caísse sobre a minha cabeça. Ao fundo, pintada em grandes proporções, uma raposa com ar inteligente (todas o são, dizem) passeava solitária em uma floresta temperada. Sentei-me no meio do salão, era mais garantido. O dono, um português bigodudo (desculpe o pleonasmo), preparava o local para o turno da noite. Vesti o pior terno, guardado para dar aos pobres. Queria passar despercebido naquele antro, isto é, naquela adega.

Doutor Humberto Rios? ele perguntou. Corrigi: de los Ríos. Domingos Cintra, seu criado. Sentou-se à minha frente e puxou um cigarro. Ofereceu-me, recusei, bastava um só a exalar cheiro de mata-rato. Pediu cerveja e me senti obrigado a acompanhá-lo, seria uma grande desfeita negar outra vez.

Fui eu quem arquitetou o encontro. Não engoli de jeito nenhum o golpe baixo do inspetor, me tirando da comissão revisora como se eu fosse um moleque. (Vão me transferir para o Sul, embora eu prefira bordejar pela Capital.) Na Alfândega tinha muita gente aborrecida, a começar pelo fato de que, sendo um homem do Tesouro, o inspetor estava enchendo a repartição com o pessoal dele. Depois, o rodízio de conferentes pelos armazéns, todos eram obrigados a passar pela "Clevelândia", os depósitos de cargas sujas e pesadas, enquanto na Bagagem podia-se arranjar uns cobres por fora. O homem à minha frente era um típico revoltado, teve as asinhas cortadas quando o "Doutor Bombardeio" deixou a Guardamoria e foi lutar em outras plagas. Achava-se digno do cargo, mas o inspetor nomeou outro homem do Tesouro. Até o nosso encontro, mal nos conhecíamos, digo em pessoa, porque a fama dele de encrenqueiro corria pelo cais.

– Senhor Cintra, obrigado pela presença, não vai se arrepender – eu disse a título de introdução.

– Vamos ao assunto, doutor. Como posso ajudá-lo? – ele falou, com um sorriso tão horroroso que eu dei graças a Deus por ele estar do meu lado e não contra mim.

– Antes de mais nada, tudo aqui é sigiloso – fiz questão de deixar bem claro.

– Minha boca é um túmulo – ele respondeu com a frase mais vulgar a ser pronunciada nesse momento.

Eu tinha um objetivo: remover o sujeitinho da Alfândega. Precisava de um denunciante, ou melhor, de alguém com bastante coragem, ainda que comprada a preço de ouro, para ir pessoalmente ao ministério e dar queixa por escrito.

– O homem já tenho. O fiel Monteiro, do Armazém 8.

– Está disposto a colaborar? Tem certeza?

– Foi afastado pelo inspetor, acusado de roubo de carga – ele mencionou o motivo como se fosse algo banal. – Precisa sair atirando.

Com calma, expus o meu plano.

– Começo indo ao Palácio contar ao presidente as falcatruas da Alfândega, tenho contatos para chegar a ele.

– Que tal a Folha Irmã Paula?
– O quê?
– Pobre Irmã Paula – ele disse, segurando o riso. – É uma lista de funcionários muito especial: recebem caridade, para não dizer propinas.
– Fantástico! – respondi entusiasmado.

Nossos olhares se encontraram: a cumplicidade era total.

– Depois – continuei – entra o fiel, junto com o senhor, para evitar uma desistência na hora "H", e os dois vão ao ministério denunciar o inspetor.
– O que ele deve falar? – disse Domingos Cintra, preocupado.
– Tecidos de seda estão pagando imposto de algodão, ou lã, na hora ele escolhe. Para isso acontecer, os comerciantes fazem contribuições.
– Ou doam para a caridade – completou Domingos Cintra, encantado com ele mesmo.

Fizemos um brinde com nossos canecos de cerveja. Domingos Cintra ficou pensativo, alguma coisa não se encaixava.

– O fiel não deve apresentar uma prova?

A pergunta era pertinente. Confesso, demorei uns goles de cerveja, sentia a minha criatividade fraquejar. Ao fim e ao cabo, tive uma ideia:

– O fiel leva uma caderneta bancária em nome dele, onde eu vou depositar dinheiro sem identificação, e apresenta esse crédito como prova.
– Senhor Rios, o senhor é um gênio! – disse Domingos Cintra, com aquele sorriso horrível.
– De los Ríos.

– Estou louco para agir.
– Começamos amanhã.
– Não vejo a hora!
– Vai sair mais queimado que churrasquinho! – eu disse, antevendo a carne fumegante.
– E a recompensa do fiel?
– Fica por minha conta.

26. Xeque-mate

O enviado especial chegou trazendo correspondência para o inspetor: entrega em mãos. Aguarde na antessala, ele está chegando, pediu o contínuo. João Vasques ultrapassou o portão da Alfândega e percebeu um movimento diferente: despachantes se atropelando para dar entrada em papéis. Apressado, não procurou entender. Venha comigo, ele disse ao mensageiro, que lhe entregou a encomenda e o recibo para assinar. Colocou a pasta de couro sobre a escrivaninha e ainda de pé abriu o envelope azul. Assustou-se. O ministro o convocava urgente. Chamem o motorista.

O trânsito corria fácil, e logo o automóvel estava na avenida Passos, diante do Tesouro. O edifício, velho conhecido, resistia ao tempo. João lançou um olhar comprido para a igrejinha do Sacramento, costumava frequentá-la nas horas difíceis. Se pretendia ir até lá, recuou. Subiu as escadas e foi em direção ao seu destino.

Hermes Cypriano, o chefe de gabinete, apareceu circunspecto. Costumava receber os visitantes com frases descontraídas. Ao contrário das outras vezes, não fez uso do repertório, apenas um seco "Pode entrar".

Félix Dumont era um homem alto e elegante, de família tradicional do estado do Rio de Janeiro. Sua posição privilegiada lhe permitiu estudar no exterior, onde veio a adquirir hábitos refinados e o gosto pelos ateliês franceses. Médico de formação, trocara a clínica pelo parlamento. Construiu carreira política, e obter o posto mais importante do Governo culminava uma trajetória de sucesso. Se chegar ao topo representava uma grande façanha, manter-se na posição exigia faro político para identificar e tratar sintomas de crise.

Ofereceu ao visitante o sofá vermelho adamascado e se sentou em uma poltrona da mesma cor, bem defronte. O inspetor correu os olhos à volta: não havia testemunhas, a não ser os pais da pátria, com suas roupas escuras, pendurados na parede.

A copeira trouxe a bandeja de café e o serviu nas xícaras de porcelana inglesa. João Vasques aspirou o aroma com prazer. O grão era da melhor qualidade, ele conhecia.

– Aceita um *Operrã*? Legítimo cubano de exportação – disse o ministro, apresentando uma caixa com estampa *art nouveau*.

– Não fumo.

– Doutor Vasques – disse o ministro, soltando com prazer um rastro de fumaça –, antes de mais nada, tenho a lhe dizer, sou um grande admirador do seu trabalho.

– Agradeço. Mas o que me traz aqui de tão urgente?

– Passamos por uma situação delicada. O Governo vem sofrendo contestação em várias frentes, e não podemos nos dar ao luxo de perder apoios.

– Por favor, seja mais explícito.

– Serei, se assim o deseja. O senhor foi cobrar quatro contos de réis do Senador Fontana, um dos nossos principais aliados? Ele armou um escarcéu, está registrado nos Anais.

– Pretendia passar na Alfândega uma dezena de malas recheadas de roupas francesas sem pagar imposto, alegando isenção parlamentar.

— Ora, meu caro, custava fazer vista grossa?

João Vasques arregalou os olhos, porém o ministro prosseguiu, imperturbável:

— Há pouco, foi o Deputado Tonico Barbosa. Quase deixou a base aliada.

— Esse caso é bem parecido com o anterior.

— Sem falar no diplomata Barros Siqueira, mais uma dor de cabeça.

— Ah! — fez João Vasques, rindo. — Trouxe lancha a motor dos Estados Unidos e não desejava pagar imposto. Objeto de uso pessoal, ele declarou.

— Não vejo graça! — reagiu o ministro, apagando o cubano afrancesado. — O senhor não entende! Está prejudicando o Governo com as suas exigências.

— Veja por outro lado, se me permite sugerir. As rendas vêm aumentando, aparecem elogios na imprensa. Vai ter mais recursos para abrir estradas. Não é esse o lema do presidente?

— As empresas reclamam do Governo, e isto é péssimo. Ora é o Lloyd, ora é a Leopoldina, e muitas outras. O pessoal está chamando o meu gabinete de "Juazeiro do Norte".

Dessa vez, João Vasques conteve o riso, mas, pela expressão divertida em seu rosto, devia imaginar Félix Dumont, com o seu corpo esguio, vestido tal qual Padre Cícero, a receber uma fila de romeiros.

— Parece-me incrível, realmente espantoso, que o senhor, há tantos anos no Tesouro, não saiba como as coisas funcionam.

João Vasques levantou-se, buscando a ampla janela; o ar começava a ficar saturado. Um odor enjoativo o envolveu. Embaixo, um burro sem rabo acabara de virar, quebrando alguns vidros de bebida barata. Pôs as mãos no peitoril, em busca de apoio.

O ministro percebeu o impacto das suas palavras e continuou na mesma linha:

— Que história é essa de telefonar à polícia para soltar estivador? E frequentar bailes da Cidade Nova? Está aqui, veja, guardei o jornal. O senhor enlouqueceu? — perguntou o ministro, colocando as mãos na cabeça, talvez para evitar o contágio da loucura.

— As pessoas simples, acredite, são mais verdadeiras que muitos de nós.

Félix Dumont, que não era dado a sentimentalismos, desta vez se interessou pelo assunto, no que dizia respeito a alguém, em particular.

— Qual a razão para destratar o Bombardini? Chegou aos meus ouvidos, o senhor o humilhou até arrancar-lhe lágrimas. O padrinho pediu satisfações. Com esforço, encontramos um novo lugar para ele.

— De onde saiu esse absurdo?

A melhor resposta é o ataque, proclamam os estrategistas, e a munição se tornava cada vez mais pesada.

— E a Folha Irmã Paula? — continuou o ministro.

— Não posso crer que admita essa bobagem.

— Ora, todo mundo sabe: o pessoal da Alfândega, começando pelo inspetor, recebe doações, digamos, caridosas, para cobrar seda com taxa de algodão.

— O senhor está fazendo uma acusação muito grave.

— Tenho prova.

O velho político talvez estivesse certo: João Vasques não sabia ou não aprendera a lidar com o xadrez do poder. Félix Dumont retesou o corpo, assumindo uma postura solene:

– Devo comunicar-lhe: o senhor será substituído à frente da Alfândega.

João Vasques, que não se refizera do enjoo causado pelo cheiro das bebidas, ficou ainda mais perturbado. O importante, acreditava, era agir segundo a lei. Reações de interesses contrariados cairiam por terra diante do trabalho bem-feito. As rendas aduaneiras não vinham aumentando?

– O presidente recebeu grave denúncia e mandou apurar – prosseguiu o ministro, indiferente ao constrangimento do interlocutor. – Uma comissão fará devassa na Alfândega.

– Devassa? – repetiu João Vasques, colocando a mão no peito, a palavra o atingira em cheio. – Acaso estamos no tempo da Inconfidência Mineira?

Félix Dumont ignorou a pergunta, deixando-a dissolver-se no ar. Não havia mais tempo para explicações. O procedimento poderia ser dolorido, tal qual o corte do bisturi na pele para retirar um abscesso. Ao longo de sua trajetória, repetira inúmeras vezes essa mesma cirurgia.

– Vou apresentar-lhe a comissão – falou em voz mais alta.

Do espaço privativo, saíram três fantasmas. Primeiro, Humberto de los Ríos, que o olhou de cima a baixo com visível prazer. Depois, Domingos Cintra; ele exibiu seu tenebroso sorriso e cruzou os braços, havia chegado a hora do acerto de contas. Por fim, e não menos assustador, o escriturário Vicente Ramos, mais conhecido por Camaleão, alcunha perfeita para quem não dispensava tarefas, se lhe trouxessem vantagens.

Dessa vez, o golpe foi mais fundo. Não se tratava de uma comissão, mas de um trio de desafetos dispostos a tudo, menos a fazer justiça.

– Tenho direito de saber o que existe contra mim e não vou aceitar insinuações de péssimo gosto – disse João Vasques, com o rosto pegando fogo. – Além do mais, esses homens não têm moral alguma para me investigar, pelo contrário...

O ministro continuou, sem lhe dar ouvidos. Estava a algumas palavras da jogada final.

– A Alfândega amanhecerá fechada.

– É por isso... A correria nos guichês... – João Vasques disse baixinho, repassando a estranha movimentação da manhã.

Félix Dumont se colocou frente a frente com o inspetor, a temível comissão em torno dele, lembrando um coronel cercado por seus jagunços. *Mise en scène* perfeita. Hora do xeque-mate:

– A denúncia envolve o senhor, o ajudante, o guarda-mor e mais conferentes, escriturários e despachantes. Sinto muito, senhor inspetor, amanhã toda a imprensa noticiará em primeira página o escândalo da Alfândega do Rio de Janeiro.

João Vasques deixou-se cair no sofá, derrotado. Enquanto os comparsas se retiravam – haviam cumprido com êxito o seu papel –, Félix Dumont ordenou a Cypriano:

– Traga o motorista da Alfândega. Este homem fará a sua última viagem no carro oficial.

FIM

FONTE Janson Text
PAPEL Pólen Natural 80g
IMPRESSÃO Paym